Alain

PROPOS SUR LE BONHEUR

1925

JDH Éditions
Les Atemporels

Les Atemporels

Qu'il s'agisse d'œuvres du vingtième siècle, du dix-neuvième, du dix-huitième ou encore plus tôt…

Qu'il s'agisse d'essais, de récits, de romans, de pamphlets…

Ces œuvres ont marqué leur époque, leur contexte social, et elles sont encore structurantes dans la pensée et la société d'aujourd'hui.

La collection « Les Atemporels » de JDH Éditions, réunit un choix de ces œuvres qui ne vieillissent pas, qui ont une date de publication (indiquée sur la couverture) mais pas de date de péremption. Car elles seront encore lues et relues dans un siècle.

La plupart de ces atemporels sont préfacés par un auteur ou un penseur contemporain.

©2022. EDICO
Édition : JDH Éditions
77600 Bussy-Saint-Georges. France
Imprimé par BoD – Books on Demand, Norderstedt, Allemagne

Illustration couverture : Yoann Laurent-Rouault (*Cat's Society*)

Conception couverture : Cynthia Skorupa

ISBN : 978-2-38127-220-7
ISSN : 2681-7616
Dépôt légal : janvier 2022

Préface

Donne-moi, s'il te plaît, la clé de nos bonheurs, donne-moi la clé pour être heureux, donne-moi la clé de ta joyeuse philosophie et fais-moi penser s'il te plaît, à changer l'eau des fleurs ce midi.

Dis-moi comment je peux gribouiller mon ardoise de poésie, donne-moi des craies de couleur, et tu avais raison, à partir de ce dimanche, je vais laisser la boîte aux lettres aux oiseaux. Fais-moi aussi penser à offrir du bonheur et à ne pas oublier le pourboire pour le laitier…

Des *Propos sur le bonheur*, je n'ai retenu que cette philosophie illustrée, presque chantée, cette ritournelle agréable qui a convaincu mes 16 ans que le domaine de la philosophie n'était pas réservé seulement à des Grecs morts aux mœurs discutables. Alain, c'est pour moi et quelques autres de mes connaissances, une veduta dans la nature morte de la philosophie. Un coin de ciel bleu dans le tableau, une ouverture céleste. Il écrira : « Je tiens qu'un des secrets du bonheur, c'est d'être indifférent à sa propre humeur. »

Quel beau pied de nez à la philosophie des austères penseurs amateurs devant l'éternel de l'onanisme du cortex !

Je préfère que l'on m'enseigne l'art de sourire, l'art de bâiller, ou l'art de voyager plutôt que l'art de mettre quatre frittes dans les coins d'une pièce ronde. Messieurs les philosophes confirmés et amateurs, lisez donc Alain pour redescendre parmi nous, en douceur. Car pour ceux d'entre vous qui ont besoin d'un bol d'air frais en ces temps troubles et spongieux, lâches et autoritaires, agressifs et diviseurs, Alain est comparable au sirop Typhon, il est le remède universel et sans complexe.

Ne m'en voulez pas si vous le pouvez et ne tenez pas rigueur à notre éditeur de publier ces lignes vagues et scélérates, sinon quantiques, surtout dans une collection de classiques de la littérature aussi sérieuse que nos chers Atemporels. Mais, comme à chaque fois, et comme je ne préface que les livres que j'aime, j'essaie de traiter sincèrement mon sujet. Et cette préface va se tenir comme se tient un article littéraire dans une presse qui ne lui est pas spécialement dédiée. J'ai eu mon bac, arts, philosophie et lettres en 1994, et depuis 1999, date à laquelle je suis sorti des beaux-arts et de l'unité de valeur que représente la philosophie des arts, j'avoue, j'ai brûlé mes copies et mis les diplômes au milieu. Un cancre reste un cancre et pour ma descendance, je l'ai écrit et j'en ai fait un pamphlet qui me privera à jamais des palmes académiques, *Tu n'iras pas à l'école, mon fils.*

J'ajoute que les *Propos sur le bonheur* d'Alain ont justement été écrits pour la presse quotidienne régionale entre 1906 et 1924 avant de devenir un recueil en 1925. Ce qui place cette philosophie entre le beurre et la confiture et le café et le pain grillé et c'est heureux. C'est une nourriture terrestre comme une autre. Il existe une centaine de ces propos. Il faudrait les relire consciencieusement. Ce qui pourrait nous distraire du sanitaire. « Ces Propos se caractérisent par leur brièveté sereine et les emprunts heureux qu'ils font à la vie quotidienne », dit maître critique perché sur sa branche numérique.

Quotidienne ?

Cela tombe bien, j'aime les almanachs. J'en possède plusieurs de ce bon monsieur Vermot, chiné dans des brocantes, des vide-greniers et des bouquineries. Et les *Propos sur le bonheur* me ramènent à ceci, à une autre définition non pas d'un concept abstrait, mais d'une philosophie pratique : « Un almanach est conçu pour être lu au rythme d'une page par jour. Ces pages contiennent des informations pratiques, des blagues et des calembours, des illustrations et divers autres éléments rassemblés pêle-mêle. »

Illustrer les *Propos sur le bonheur* serait d'ailleurs une bonne idée. Il ne leur manque que ça pour être en phase avec le règne de l'image de ce début du XXIe siècle sans Lumières. Mais, j'entends par-delà les sillons, mugir les féroces penseurs, qui viennent jusque dans mon bureau, incendier ordinateur et papier. Je vais trop loin. D'ailleurs, les féroces soldats de la pensée ne sont pas les seuls à justement penser ainsi : mon chien m'aboie, depuis le tapis, que la philosophie n'est pas une plaisanterie. Il grogne farouchement. Je lui rétorque qu'il devrait lire les textes de Raymond Devos avant d'aboyer dans le désert et d'obliger la caravane à brancher son GPS. Il acquiesce.

C'est quelqu'un mon chien !

Depuis quelque temps, d'ailleurs, mon chien m'inquiète... Il se prend pour un être humain et je n'arrive pas à l'en dissuader. Ce n'est pas tellement que je prenne mon chien pour plus bête qu'il n'est... Mais qu'il se prenne pour quelqu'un, c'est un peu abusif ! Quoique, quoique...

Pourquoi donc oser mettre en almanach la philosophie pratique ? La réponse est dans la question et peut se compléter par un proverbe populaire : à chaque jour suffit sa peine.

Et pourquoi donc citer un comique, même le grand Raymond Devos, plutôt que le dépositaire d'un numéro de siège à la coupole ? Parce qu'Alain a cette force de se faire comprendre par le plus grand nombre, d'être juste et accessible et de ne pas privilégier un musicien de l'orchestre pendant le concert. Michel Colucci est aussi un philosophe. Tout comme Alphonse Allais. Il est des filiations que j'établis assez facilement… J'ai, je crois, loupé ma vocation d'officier d'état civil.

Je ne sais pas pourquoi, j'associe toujours les deux personnages. Allais et Alain. Dans l'autre sens, ça marche aussi. Ce qui en fait une formule très philosophique. Sur le sens des choses. Comme dirait Francis. Mais je passe l'éponge. J'en parlerai à mon chien quand il reviendra de sa promenade. Revenons-en à Alain et Allais. Dans cet ordre, puisque ça marche aussi. En vers holorimes. En vers et contre tous. Car, une des caractéristiques les plus notables et reconnues d'Alphonse Allais est l'art de tirer à la ligne et d'ouvrir une parenthèse, plutôt qu'une fenêtre quand on étouffe. Et n'est-ce pas l'effet de notre philosophie qui propose le bonheur plutôt que le mal de crâne ?

Je continue ma lecture, bien que l'érudit que je suis pourrait se contenter de copier et de coller (mal de l'époque), et je lis ceci, que pour le coup je copie et je colle, mais pour l'exemple et la gloire au champ d'honneur : « Devenus livre, ces *Propos* sont un bel exemple de mariage réussi entre presse et philosophie, démontrant qu'il est possible de relever l'entrefilet au niveau de la métaphysique. » Ces derniers mots sont d'Alain lui-même. En italique. Je précise. Un entrefilet, c'est comme un entre-deux. C'est un entre-bâillements. Ce qui va de pair avec la philosophie et une classe d'adolescents pris en otages sur les bancs d'une salle obscure et lycéenne. Comment ne pas bâiller quand on vous parle de la métaphysique, les lunettes sur le bout du nez, un pavé de papier à la main et une jupe réglementaire coupée sous le genou qui ravit aux regards des jambes probablement, d'un point de vue métaphysique, extrêmement intéressantes. C'est le souvenir que je garde de mes cours de philosophie. Elle nous parlait de Kant, je pensais Apollinaire, elle nous parlait de Socrate, je pensais Musset, elle nous parlait de Descartes, je pensais Colette… Ah, Mademoiselle, que j'aurais aimé pouvoir vous offrir de me donner des cours particuliers !

Ce qui me renvoie non seulement à la notion de désir, mais aussi à la notion d'argent, qui sera traitée utilement par Alain.

Ce qui nous amène, et vous constaterez alors que cette préface est bien construite et que je ne ménage pas ma peine à ceci : « De la description du mécanisme des passions et de son effet néfaste sur le sujet humain aux vertus de l'action dominée par l'esprit, Alain livre quelques clés pour accéder au bonheur, ici et maintenant. » Et mon bonheur aurait été sur l'instant, de réviser le chapitre de l'épicurisme avec ma professeure, tout droit sortie d'un fantasme classé X, et ce n'est pas Kant, avec ses classements et ses hiérarchies des arts qui me donnerait tort.

Mais, puisque dans un article comme dans une copie, et même si je suis le rédacteur en chef de L'Édredon, la revue littéraire de notre maison d'édition, je ne suis pas à l'abri de me voir biffé d'un trait rouge vengeur. Le comité éditorial veille sur les publications comme monsieur le maire veille sur le bulletin municipal. Aussi, je reviens séance tenante, et sous la menace, à la métaphysique. Comme vous savez probablement, cher lecteur, donner la définition exacte du mot, je vais quand même la redonner pour ceux qui ne la connaissent pas. Selon Larousse, puisque Robert, en son mot, va encore m'éloigner du sujet et m'entraîner sur la piste de quelques célèbres Roberts, comme Badinter ou Hossein, par exemple.

La métaphysique est donc : métaphysique est un adjectif (qui qualifie les choses, alors ?) relatif à lui-même. (Sujet préféré du philosophe classique.) En un deuxième sens, il peut être péjoratif. (Comme le mot République actuellement, dirait Platon.) Le sens péjoratif se détermine ainsi : Qui est très abstrait et hermétique.

Ce qui me renvoie de facto à l'enseignement de la philosophie classique. Pour le nom féminin, et c'est ici que comme d'habitude les choses se compliquent d'elles-mêmes, nous abordons le sens philosophique premier du mot : Partie de la philosophie qui traite des causes premières de l'Être, de l'univers. Vaste programme.

Mais Mars attendra.

Au sens figuré, l'académie me précise ceci sur cette définition du mot : toute recherche systématique portant sur les fondements d'une activité humaine.

Cette dernière phrase me renvoie elle-même à la définition de l'art elle-même et incarnée par un marchand de sel et une pissotière posée à l'envers sur la table en 1917, Marcel Duchamp qui disait donc que :

« Est art tout ce qui est manufacturé par l'homme. » Donc créé par l'homme. C'est-à-dire tout ce que la nature ne livre pas à la naissance. Mais qui dépend d'un apprentissage, d'un outillage et des relations humaines. Donc non essentiel à la survie de l'espèce. D'un point de vue métaphysique. Mes raccourcis sont volontaires, mais efficaces, n'est-il pas ?

À l'occasion du Nouvel An, dans « Bonne année », le philosophe qu'est Alain critique le déchaînement des passions tristes que provoquent les dépenses d'argent et conclut par : « Je vous souhaite la bonne humeur. Voilà ce qu'il faudrait offrir et recevoir. » Souhaiter la bonne humeur plutôt que la bonne année me paraît indiqué. Qui sait ce qu'une année entière réserve à ses pratiquants ? Et si nous allons plus loin dans la réflexion, nous voyons qu'il dénonce le déchaînement de passions tristes que provoque l'engouement dépensier des fêtes de fin d'année. Quel homme suis-je, alors que fais-je comme cadeau en relation avec moi-même ? Ce cadeau traduit-il ma condition, mon intelligence et ma sensibilité ? Ai-je les moyens d'acheter et d'offrir un cadeau à la hauteur de mon personnage comme à la hauteur de l'affection que je porte à la personne qui reçoit ce cadeau ? Un cadeau peut-il être une sanction ? Une désapprobation ? Une désillusion avouée ? Une souffrance. Tout ceci avant d'être une joie et un plaisir, comme se plaisent à le dire les fleuristes. Qu'est-ce qui me pousse à participer à la grande messe de Noël et à offrir dans l'attente de recevoir, à une date donnée et seulement à cette date ?

Voici une philosophie pratique définie par l'exemple. Alain en décrira plus d'une centaine et nous fera réfléchir. Utilement. Je recommande à tous la lecture des *Propos sur le bonheur*, et je vous le souhaite en retour, ce bonheur, simplement et durablement.

Sur Alain

Émile-Auguste Chartier naît le 3 mars 1868, à Mortagne-au-Perche dans l'Orne. Professeur, militant et journaliste, Alain est normalien et agrégé de philosophie. Après plusieurs postes en province, il est nommé au lycée Condorcet, puis au Lycée Michelet. Militant républicain et radical, il donne des conférences pour soutenir la laïcité républicaine. À partir de 1903, il publie dans *La Dépêche* de Rouen et de Normandie des chroniques hebdomadaires qu'il intitule « Propos du dimanche », puis « Propos du lundi », avant de passer à la forme du « Propos quotidien », ceci de février 1906 à septembre 1914.

À l'aube de la Grande Guerre, Alain milite pour la paix des empires et « refuse la perspective d'un conflit avec l'Allemagne dont il pense qu'il serait d'une violence inédite ». Mais, quand la guerre éclate, il devance l'appel, plus par souci d'équité que par patriotisme aveugle ou goût de l'aventure. Sans pour autant renier ses idées. Il se retrouve brigadier au 3e régiment d'artillerie, bon soldat, il refusera pourtant toute promotion. Acte symbolique de sa résistance. En mai 1916, un chariot de munition lui broie le pied. Il sera démobilisé en octobre 1917.

Dans l'entre-deux-guerres, conscient et témoin privilégié si l'on peut dire, des atrocités des conflits modernes, il publie un pamphlet au titre évocateur, *Mars ou la guerre jugée*. Il y décrit l'obéissance imbécile, l'aveuglement patriotique et livre une critique acerbe sur l'asservissement de l'homme broyé par la machine de guerre étatique. Sur le plan politique, il s'engage aux côtés des radicaux de l'après-guerre, pour une « République libérale strictement contrôlée par le peuple ». En 1927, il sera signataire de la pétition contre la loi sur l'organisation générale de la nation en temps de guerre, qui renie « toute indépendance intellectuelle et toute liberté d'opinion ». L'état d'urgence de ces derniers temps. Son nom en côtoie alors beaucoup d'autres comme Guilloux, Jules Romains ou encore les alors très jeunes Robert Aron et Sartre, encore étudiants.

Jusqu'à la fin des années 1930, Alain combattra la montée du fascisme et restera un pacifiste convaincu et militant. Ce qui peut paraître contraire. Bien que peu réaliste sur le potentiel militaire et destructeur du nazisme et convaincu de la dominance militaire de la France sur l'Allemagne (rappelons que le gouvernement et les observateurs internationaux vendaient alors l'armée française comme la première au monde), il soutiendra le texte des accords de Munich, comme tant d'autres qui voulaient éviter le bain de sang. Personne en France ne voulait de cette guerre, à commencer par les mobilisés, premiers concernés s'il en est.

Du côté littéraire, il reprendra la rédaction des « Propos », sous forme de revue, de 1921 à 1936. C'est cette même année qu'une attaque cérébrale le cloue dans un fauteuil roulant. Il reste cependant actif, et entre autres occupations militantes, il rassemble les deux volumes des « Propos » qu'il intitulera *Convulsions de la Force et Échec de la Force*.

À partir de 1937, Alain se consacre pour l'essentiel à l'écriture de son Journal. Sont publiés également plusieurs recueils thématiques rassemblant ses Propos, de même qu'il poursuit sa collaboration à la *Nouvelle Revue française*, y compris sous la direction de Drieu La Rochelle, alors que les pères fondateurs de la revue, comme Gide, refusent alors d'y collaborer puisque placée sous le joug nazi.

La débâcle comme la guerre sont pour Alain un effondrement moral et intellectuel. Par la suite, il ne prend aucune position publique sur le sujet et « l'on ne peut restituer son opinion qu'au travers de son Journal ». En 1940, le philosophe accepte la défaite et ne souhaite pas la poursuite des hostilités. « La collaboration pétainiste lui semble un moindre mal », ceci dans la continuité de son engagement pacifiste. En cela, le combat de De Gaulle avait peu de chances de le séduire. Le paradoxe étant qu'il a longtemps combattu le fascisme. Et que le fascisme ne se combat que par les armes, du moins, jusqu'à présent, c'est ce que l'Histoire nous enseigne.

Très affaibli, vivant reclus du monde et de la guerre, évitant les confrontations d'opinions, il connaît de l'année 1940 à l'année 1942 une période très sombre, moralement comme physiquement. Je lis : « Son Journal, allant de 1937 à l'année 1950, témoigne néanmoins de la renaissance de son activité littéraire, et ce, à partir de 1943. Il rédigera encore, en 1947, les *Lettres à Sergio Solmi* sur la philosophie de Kant ainsi que les *Souvenirs sans égards*, puis divers articles et préfaces. En mai 1950, il reçoit le Grand Prix National des Lettres. Il meurt le 2 juin 1951. »

Sur la thématique des *Propos sur le bonheur*

Les « Propos » sont de courts articles, inspirés par l'actualité et par la vie de tous les jours, « au style concis et aux formules frappantes », qui naviguent sur toutes les mers, lacs, étangs, mares et flaques. Cette forme de rédactionnel est appréciée du public, bien évidemment, puisqu'elle fait référence à l'article de presse comme aux notices explicatives des journaux de l'époque. Alain ne recherchant pas spécialement avant-guerre une reconnaissance critique de son œuvre.

Le format lui convenait et lui permettait de diffuser sa philosophie pratique. « Beaucoup de Propos sont parus dans la revue *Libres Propos* (1921-1924 et 1927-1935). Certains ont été publiés, dans les années 30, dans la revue hebdomadaire *L'École libératrice* éditée par le Syndicat national des instituteurs. »

S'il s'inspire de Platon, Descartes, Kant et Auguste Comte, souvent en contre-exemple, malgré le besoin de référencer tout écrit des critiques, il se réclame surtout de Jules Lagneau, son premier professeur de philosophie au lycée de Vanves (actuel lycée Michelet). Alain vouait une grande admiration à son maître, il écrira ceci à son propos : « Parmi les attributs de Dieu, il avait la majesté. […] Ses yeux perçants traversaient nos cœurs et nous nous sentions indignes. L'admiration allait d'abord à ce caractère, évidemment inflexible, inattentif aux flatteries, aux précautions, aux intrigues, comme si la justice lui était due. »

Ce qu'il faut retenir de la philosophie que pratique Alain, c'est son message à la fois libertaire et rationnel. L'idée dominante est que le lecteur ou le pratiquant apprenne à réfléchir, que son esprit s'ouvre au monde et aux idées du monde. Sans pour autant s'en remettre aux idées toutes faites, aux préfabriqués de l'esprit, aux réflexions courtes et aux pensées à la mode. Pour ma part, je parlerais d'une philosophie généreuse, humaniste et sans modèle de pensée ou d'école référente. Une philosophie qui se construit sur le réel et non sur la théorie, et qui plus est, et ce n'est pas dommage, débarrassé de religiosité. Citons cet extrait pour conclure, qui ne sera pas sans rappeler des évènements récents : « Or, se croire fanatique est la source de tous les maux humains ; car on ne mesure point le croire, on s'y jette, on s'y enferme, et jusqu'à ce point extrême de folie où l'on enseigne qu'il est bon de croire aveuglément. C'est toujours religion ; et religion, par le poids même, descend à superstition. »

Yoann Laurent-Rouault

Bibliographie d'Alain

Livres publiés de son vivant

– La théorie de la connaissance des Stoïciens (1891, publié en 1964)
– Spinoza (1900)
– Les Cent un Propos d'Alain (2ème série) (1910)
– Propos d'un Normand (1912)
– Éléments de philosophie (1916)
– Quatre-vingt-un Chapitres sur l'esprit et les passions (1917)
– Petit Traité d'Harmonie pour les aveugles (en braille, 1918)
– Les Marchands de Sommeil (1919)
– Système des Beaux-Arts (1920)
– Mars ou la guerre jugée (1921)
– Propos sur l'esthétique (1923)
– Propos sur le christianisme (1924) (F. Reider éditeur)
– Lettres au Dr Henri Mondor (1924)
– Propos sur les pouvoirs (1925)
– Souvenirs concernant Jules Lagneau (1925)
– Sentiments, passions et signes (1926)
– Le citoyen contre les pouvoirs (1926)
– Les idées et les âges (1927)
– La visite au musicien (1927)
– Esquisses de l'homme (1927)
– Propos sur le bonheur (1925, édition augmentée en 1928)
– Les Cent un propos d'Alain (5ème série) (1928)
– Onze chapitres sur Platon (1928)
– Entretiens au bord de la mer (1931)
– Vingt leçons sur les Beaux-Arts (1931)
– Idées (1932)
– Propos sur l'éducation (1932)
– Les Dieux (1933)
– Propos de littérature (1934)
– Propos de politique (1934)
– Propos d'économique, éd. Gallimard, collection Les Essais (1935)
– Stendhal (1935)
– En lisant Balzac, éd. Laboratoires Martinet, 1935
– Histoire de mes pensées (1936)
– Avec Balzac, Gallimard, Paris, 1937, réédition 1999.

- Souvenirs de guerre (1937)
- Entretien chez le sculpteur (1937)
- Les Saisons de l'esprit (1937)
- Propos sur la religion (1938)
- Convulsions de la force (suite à Mars) (1939, réédité en 1962)
- Minerve ou De la sagesse (1939)
- Vigiles de l'esprit (1942)
- Préliminaires à la mythologie (1943)
- Abrégés pour les aveugles (1943)
- Idées, introduction à la philosophie (1945)

Posthumes

- Vingt et une Scènes de Comédie (1955)
- Propos, La Pléiade, Gallimard, 1956
- Les arts et les dieux ; Paris (Gallimard), 1958
- Les passions et la sagesse ; Paris (Gallimard), 1960
- Propos sur des philosophes (1961)
- Lettres aux deux amies, Les Belles Lettres, 2014
- Journal inédit ; Éditions des Équateurs, 2018

Dédicace à Mme Morre-Lambelin

Ce recueil [1] me plaît. La doctrine me paraît sans reproche, quoique le problème soit divisé en petits morceaux. Dans le fait le bonheur est divisé en petits morceaux. Chaque mouvement d'humeur naît d'un événement physiologique passager ; mais nous l'étendons, nous lui donnons un sens oraculaire ; une telle suite d'humeurs fait le malheur, je dis en ceux qui n'ont pas de graves raisons d'être malheureux, car c'est ceux-là qui sont malheureux par leur faute. Les vrais malheurs, je n'en ai rien écrit ; et pourtant je crois qu'on y ajoute encore par l'humeur. Vous vous souvenez d'un mot de Gaston Malherbe du temps qu'il était sous-préfet de Morlaix : « Les fous sont des méchants » me dit-il. Que de fois j'ai eu occasion de répéter ce mot-là. Et je crois que le commencement de la folie est une manière irritée de prendre tout, même les choses indifférentes ; c'est une humeur de théâtre, bien composée, bien jouée, mais qui dépasse toujours le projet par une fureur d'exprimer. Cela est méchanceté par un besoin de communiquer le malheur ; et ce qui irrite alors dans le bonheur des autres, c'est qu'on les juge stupides et aveugles. Il y a du prosélytisme dans le fou, et premièrement une volonté de n'être pas guéri. On s'instruit beaucoup si l'on pense que les coups heureux de la fortune ne peuvent guérir un fou. Ce n'est qu'un cas grossi, qui ressemble à nous tous. Une colère est terrible si l'on souffle sur le feu, ridicule si on la regarde aller. C'est ainsi que le bonheur dépend des petites choses, quoiqu'il dépende aussi des grandes. Et cela je l'aurais dit et expliqué si j'avais écrit un Traité du bonheur ; *bien loin de là nous avons choisi (et vous d'abord) des* Propos *se rapportant au bonheur par quelque côté. Je suppose que cette manière de faire n'est pas sans risque ; car le lecteur ne considère pas ce que l'auteur a voulu. Quoi que dise la préface, il attend toujours un traité. Peut-être suis-je né pour écrire des traités ; sur le modèle du* Système des Beaux-Arts. *Ce bavardage a pour fin de vous dédier ce bel exemplaire d'un recueil qui traduit premièrement votre libre choix.*

Le 1er mai 1925

ALAIN

---

[1] Édition originale des Cahiers du Capricorne enfermant soixante Propos.

I

Bucéphale

Lorsqu'un petit enfant crie et ne veut pas être consolé, la nourrice fait souvent les plus ingénieuses suppositions concernant ce jeune caractère et ce qui lui plaît et déplaît ; appelant même l'hérédité au secours, elle reconnaît déjà le père dans le fils ; ces essais de psychologie se prolongent jusqu'à ce que la nourrice ait découvert l'épingle, cause réelle de tout.

Lorsque Bucéphale, cheval illustre, fut présenté au jeune Alexandre, aucun écuyer ne pouvait se maintenir sur cet animal redoutable. Sur quoi un homme vulgaire aurait dit :

« Voilà un cheval méchant. » Alexandre cependant cherchait l'épingle, et la trouva bientôt, remarquant que Bucéphale avait terriblement peur de sa propre ombre ; et comme la peur faisait sauter l'ombre aussi, cela n'avait point de fin. Mais il tourna le nez de Bucéphale vers le soleil, et, le maintenant dans cette direction, il put le rassurer et le fatiguer. Ainsi l'élève d'Aristote savait déjà que nous n'avons aucune puissance sur les passions tant que nous n'en connaissons pas les vraies causes.

Bien des hommes ont réfuté la peur, et par fortes raisons ; mais celui qui a peur n'écoute point les raisons ; il écoute les battements de son cœur et les vagues du sang. Le pédant raisonne du danger à la peur ; l'homme passionné raisonne de la peur au danger ; tous les deux veulent être raisonnables, et tous les deux se trompent ; mais le pédant se trompe deux fois ; il ignore la vraie cause et il ne comprend pas l'erreur de l'autre. Un homme qui a peur invente quelque danger, afin d'expliquer cette peur réelle et amplement constatée. Or la moindre surprise fait peur, sans aucun danger, par exemple un coup de pistolet fort près, et que l'on n'attend point, ou seulement la présence de quelqu'un que l'on n'attend point. Masséna eut peur d'une statue dans un escalier mal éclairé, et s'enfuit à toutes jambes.

L'impatience d'un homme et son humeur viennent quelquefois de ce qu'il est resté trop longtemps debout ; ne raisonnez point contre son humeur, mais offrez-lui un siège. Talleyrand, disant que les manières sont tout, a dit plus qu'il ne croyait dire. Par le souci de ne pas incommoder, il cherchait l'épingle et finissait par la trouver. Tous ces diplomates présentement ont quelque épingle mal placée dans leur maillot, d'où les complications européennes ; et chacun sait qu'un enfant qui crie fait crier les autres ; bien pis, l'on crie de crier. Les nourrices, par un mouvement qui est de métier, mettent l'enfant sur le ventre ; ce sont d'autres mouvements aussitôt et un autre régime ; voilà un art de persuader qui ne vise point trop haut. Les maux de l'an quatorze vinrent, à ce que je crois, de ce que les hommes importants furent tous surpris ; d'où ils eurent peur. Quand un homme a peur la colère n'est pas loin ; l'irritation suit l'excitation. Ce n'est pas une circonstance favorable lorsqu'un homme est brusquement rappelé de son loisir et de son repos ; il se change souvent et se change trop. Comme un homme réveillé par surprise ; il se réveille trop. Mais ne dites jamais que les hommes sont méchants ; ne dites jamais qu'ils ont tel caractère. Cherchez l'épingle.

8 décembre 1922

II

Irritation

Quand on avale de travers, il se produit un grand tumulte dans le corps, comme si un danger imminent était annoncé à toutes les parties ; chacun des muscles tire à sa manière, le cœur s'en mêle ; c'est une espèce de convulsion. Qu'y faire ? Pouvons-nous ne pas suivre et ne pas subir toutes ces réactions ? Voilà ce que dira le philosophe, parce que c'est un homme sans expérience. Mais un professeur de gymnastique ou d'escrime rirait bien si l'élève disait : « C'est plus fort que moi ; je ne puis m'empêcher de me raidir et de tirer de tous mes muscles en même temps. » J'ai connu un homme dur qui, après avoir demandé si l'on permettait, vous fouettait vivement de son fleuret, afin d'ouvrir les chemins à la raison. C'est un fait assez connu que celui-ci ; les muscles suivent naturellement la pensée comme des chiens dociles ; je pense à allonger le bras et je l'allonge aussitôt. La cause principale de ces crispations ou séditions auxquelles je pensais tout à l'heure, c'est justement qu'on ne sait point ce qu'il faudrait faire. Et, dans notre exemple, ce qu'il faut faire, c'est justement assouplir tout le corps, et notamment, au lieu d'aspirer avec force, ce qui aggrave le désordre, expulser au contraire la petite parcelle de liquide qui s'est introduite dans la mauvaise voie. Cela revient, en d'autres mots, à chasser la peur, qui, dans ce cas-là comme dans les autres, est entièrement nuisible.

Pour la toux, dans le rhume, il existe une discipline du même genre, trop peu pratiquée. La plupart des gens toussent comme ils se grattent, avec une espèce de fureur dont ils sont les victimes. De là des crises qui fatiguent et irritent. Contre quoi les médecins ont trouvé les pastilles, dont je crois bien que l'action principale est de nous donner à avaler. Avaler est une puissante réaction, moins volontaire encore que la toux, encore plus au-dessous de nos prises. Cette convulsion d'avaler rend impossible cette autre convulsion qui nous fait tousser. C'est toujours retourner le nourrisson. Mais je crois que si l'on arrêtait au premier moment ce qu'il y a de tragédie dans la toux, on se passerait de pastilles. Si, sans opinion aucune, l'on restait souple et imperturbable au commencement, la première irritation serait bientôt passée.

Ce mot, irritation, doit faire réfléchir. Par la sagesse du langage, il convient aussi pour désigner la plus violente des passions. Et je ne vois pas beaucoup de différence entre un homme qui s'abandonne à la colère et un homme qui se livre à une quinte de toux. De même la peur est une angoisse du corps contre laquelle on ne sait point toujours lutter par gymnastique. La faute, dans tous ces cas-là, c'est de mettre sa pensée au service des passions, et de se jeter dans la peur ou dans la colère avec une espèce d'enthousiasme farouche. En somme nous aggravons la maladie par les passions ; telle est la destinée de ceux qui n'ont pas appris la vraie gymnastique. Et la vraie gymnastique, comme les Grecs l'avaient compris, c'est l'empire de la droite raison sur les mouvements du corps. Non pas sur tous, c'est bien entendu. Mais il s'agit seulement de ne pas gêner les réactions naturelles par des mouvements de fureur. Et, selon mon opinion, voilà ce qu'il faudrait apprendre aux enfants, en leur proposant toujours pour modèles les plus belles statues, objets véritables du culte humain.

5 décembre 1912

III

Marie triste

Il n'est pas inutile de réfléchir sur les folies circulaires, et notamment sur cette « Marie triste et Marie joyeuse » qu'un de nos professeurs de psychologie a heureusement trouvée dans sa clinique. L'histoire, déjà trop oubliée, est bonne à conserver. Cette fille était gaie une semaine et triste l'autre, avec la régularité d'une horloge. Quand elle était gaie, tout marchait bien ; elle aimait la pluie comme le soleil ; les moindres marques d'amitié la jetaient dans le ravissement ; si elle pensait à quelque amour, elle disait : « Quelle bonne chance pour moi ! » Elle ne s'ennuyait jamais ; ses moindres pensées avaient une couleur réjouissante, comme de belles fleurs bien saines, qui plaisent toutes. Elle était dans l'état que je vous souhaite, mes amis. Car toute cruche, comme dit le sage, a deux anses, et de même tout événement a deux aspects, toujours accablant si l'on veut, toujours réconfortant et consolant si l'on veut ; et l'effort qu'on fait pour être heureux n'est jamais perdu.

Mais après une semaine tout changeait de ton. Elle tombait à une langueur désespérée ; rien ne l'intéressait plus ; son regard fanait toutes choses. Elle ne croyait plus au bonheur ; elle ne croyait plus à l'affection. Personne ne l'avait jamais aimée ; et les gens avaient bien raison ; elle se jugeait sotte et ennuyeuse ; elle aggravait le mal en y pensant ; elle le savait ; elle se tuait en détail, avec une espèce d'horrible méthode. Elle disait : « Vous voulez me faire croire que vous vous intéressez à moi ; mais je ne suis point dupe de vos comédies. » Un compliment c'était pour se moquer ; un bienfait pour l'humilier. Un secret c'était un complot bien noir. Ces maux d'imagination sont sans remède, en ce sens que les meilleurs événements sourient en vain à l'homme malheureux. Et il y a plus de volonté qu'on ne croit dans le bonheur.

Mais le professeur de psychologie allait découvrir une leçon plus rude encore, une plus redoutable épreuve pour l'âme courageuse. Parmi un grand nombre d'observations et de mesures autour de ces courtes saisons humaines, il en vint à compter les globules du sang par centimètre cube. Et la loi fut manifeste. Vers la fin d'une période de joie, les globules se raréfiaient ; vers la fin d'une période de tristesse, ils recommençaient à foisonner. Pauvreté et richesse du sang, telle était la cause de toute cette fantasmagorie d'imagination. Ainsi le médecin était en mesure de répondre à ses discours passionnés : « Consolez-vous ; vous serez heureuse demain. » Mais elle n'en voulait rien croire.

Un ami, qui veut se croire triste dans le fond, me disait là-dessus : « Quoi de plus clair ? Nous n'y pouvons rien. Je ne puis me donner des globules par réflexion. Ainsi toute philosophie est vaine. Ce grand univers nous apportera la joie ou la tristesse selon ses lois, comme l'hiver et l'été, comme la pluie et le soleil. Mon désir d'être heureux ne compte pas plus que mon désir de promenade ; je ne fais pas la pluie sur cette vallée ; je ne fais pas la mélancolie en moi ; je la subis, et je sais que je la subis ; belle consolation ! »

Ce n'est pas si simple. Il est clair qu'à remâcher des jugements sévères, des prédictions sinistres, des souvenirs noirs, on se présente sa propre tristesse ; on la déguste en quelque sorte. Mais si je sais bien qu'il y a des globules là-dessous, je ris de mes raisonnements ; je repousse la tristesse dans le corps, où elle n'est plus que fatigue ou maladie, sans aucun ornement. On supporte mieux un mal d'estomac qu'une trahison. Et n'est-il pas mieux de dire que les globules manquent, au lieu de dire que les vrais amis manquent ? Le passionné repousse à la fois les raisons et le bromure. N'est-il pas remarquable que par cette méthode que je dis, on ouvre en même temps la porte aux deux remèdes ?

18 août 1913

IV

Neurasthénie

Par ces temps de giboulées, l'humeur des hommes, et celle des femmes aussi, change comme le ciel. Un ami, fort instruit et assez raisonnable, me disait hier : « Je ne suis pas content de moi ; dès que je ne suis plus occupé à mes affaires ou au bridge, je tourne dans ma tête mille petits motifs qui me font passer de joie à tristesse et de tristesse à joie, par mille nuances, plus vite que ne change la gorge des pigeons. Ces motifs, comme une lettre à écrire, ou un tramway manqué, ou un pardessus trop lourd, prennent une importance extraordinaire, comme pourraient faire des malheurs réels. En vain je raisonne et je me prouve que tout cela doit m'être indifférent ; mes raisons ne sonnent pas plus en moi que des tambours mouillés. Et, en un mot, je me sens neurasthénique un peu. »

Laissez, lui dis-je, les grands mots et essayez de comprendre les choses. Votre état est celui de tout le monde ; seulement vous avez le malheur d'être intelligent, de trop penser à vous, et de vouloir comprendre pourquoi vous êtes tantôt joyeux, tantôt triste. Et vous vous irritez contre vous-même, parce que votre joie et votre tristesse s'expliquent mal par les motifs que vous connaissez.

En réalité, les motifs qu'on a d'être heureux ou malheureux sont sans poids ; tout dépend de notre corps et de ses fonctions, et l'organisme le plus robuste passe chaque jour de la tension à la dépression, de la dépression à la tension, et bien des fois, selon les repas, les marches, les efforts d'attention, la lecture et le temps qu'il fait ; votre humeur monte et descend là-dessus, comme le bateau sur les vagues. Ce ne sont pour l'ordinaire que des nuances dans le gris ; tant que l'on est occupé, on n'y pense point ; mais dès qu'on a le temps d'y penser, et que l'on y pense avec application, les petites raisons viennent en foule, et vous croyez qu'elles sont causes alors qu'elles sont effets. Un esprit subtil trouve toujours assez de raisons d'être triste s'il est triste, assez de raisons d'être gai s'il est gai ; la même raison souvent sert à deux fins. Pascal, qui souffrait dans son corps, était effrayé par la multitude des étoiles ; et le frisson auguste qu'il éprouvait en les regardant venait sans doute de ce qu'il prenait froid à sa fenêtre, sans s'en apercevoir. Un autre poète, s'il est bien portant, parlera aux étoiles comme à des amies. Et tous deux diront de fort belles choses sur le ciel étoilé ; de fort belles choses à côté de la question.

Spinoza dit qu'il ne se peut pas que l'homme n'ait pas de passions, mais que le sage forme en son âme une telle étendue de pensées heureuses que ses passions sont toutes petites à côté. Sans le suivre en ses chemins difficiles, on peut pourtant, à son image se faire un grand volume de bonheurs voulus, comme musique, peinture, conversations, qui feront, par comparaison, toutes petites nos mélancolies.

L'homme de société oublie son foie à de petits devoirs ; nous devrions rougir de ne point tirer un meilleur parti encore de notre sérieux et utile métier, ni de nos livres, ni de nos amis. Mais peut-être est-ce une erreur commune, et de grande conséquence, de ne point s'intéresser selon une règle aux choses qui ont valeur. Nous comptons sur elles. C'est un grand art quelquefois de vouloir ce que l'on est assuré de désirer.

22 février 1908

V

Mélancolie

Il y a quelque temps, je voyais un ami qui souffrait d'un caillou dans le rein, et qui était d'humeur assez sombre. Chacun sait que ce genre de maladie rend triste ; comme je le lui disais, il en tomba d'accord ; d'où je conclus enfin :

« Puisque vous savez que cette maladie rend triste vous ne devez point vous étonner d'être triste, ni en prendre de l'humeur. » Ce beau raisonnement le fit rire de bon cœur, ce qui n'était pas un petit résultat. Il n'en est pas moins vrai que, sous cette forme un peu ridicule, je disais une chose d'importance, et trop rarement considérée par ceux qui ont des malheurs.

La profonde tristesse résulte toujours d'un état maladif du corps ; tant qu'un chagrin n'est pas maladie, il nous laisse bientôt des instants de paix, et bien plus que nous ne croyons ; et la pensée même d'un malheur étonne plutôt qu'elle n'afflige, tant que la fatigue, ou quelque caillou logé quelque part, ne vient pas aggraver nos pensées. La plupart des hommes nient cela, et soutiennent que ce qui les fait souffrir dans le malheur, c'est la pensée même de leur malheur ; et j'avoue que, lorsque l'on est malheureux soi-même, il est bien difficile de ne pas croire que certaines images ont comme des griffes et des piquants, et nous torturent par elles-mêmes.

Considérons pourtant les malades que l'on appelle mélancoliques ; nous verrons qu'ils savent trouver en n'importe quelle pensée des raisons d'être tristes ; toute parole les blesse ; si vous les plaignez, ils se sentent humiliés et malheureux sans remède ; si vous ne les plaignez pas, ils se disent qu'ils n'ont plus d'amis et qu'ils sont seuls au monde. Ainsi cette agitation des pensées ne sert qu'à rappeler leur attention sur l'état désagréable où la maladie les tient ; et, dans le moment où ils argumentent contre eux-mêmes, et sont écrasés par les raisons qu'ils croient avoir d'être tristes, ils ne font que remâcher leur tristesse en vrais gourmets. Or, les mélancoliques nous offrent une image grossie de tout homme affligé. Ce qui est évident chez eux, que leur tristesse est maladie, doit être vrai chez tous ; l'exaspération des peines vient sans doute de tous les raisonnements que nous y mettons, et par lesquels nous nous tâtons, en quelque sorte, à l'endroit sensible.

De cette espèce de folie, qui porte les passions jusqu'à la rage, on peut se délivrer en se disant, justement, que tristesse n'est que maladie, et doit être supportée comme maladie, sans tant de raisonnements et de raisons. Par là on disperse le cortège des discours acides ; on prend son chagrin comme un mal de ventre ; on arrive à une mélancolie muette, à une espèce de stupeur presque sans conscience ; on n'accuse plus ; on supporte ; cependant on se repose, et ainsi on combat la tristesse justement comme il fallait. C'est à quoi tendait la prière, et ce n'était pas mal trouvé ; devant l'immensité de l'objet, devant cette sagesse qui sait tout et qui a tout pesé, devant cette majesté incompréhensible, devant cette justice impénétrable, l'homme pieux renonçait à former des pensées ; il n'y a certainement point de prière, faite de bonne volonté, qui n'ait aussitôt obtenu beaucoup ; vaincre fureur, c'est beaucoup ; mais on arrive aussi, par bon sens, à se donner cette espèce d'opium d'imagination qui nous détourne de compter nos malheurs.

6 février 1911

VI

Des passions

On supporte moins aisément la passion que la maladie ; dont la cause est sans doute en ceci, que notre passion nous paraît résulter entièrement de notre caractère et de nos idées, mais porte avec cela les signes d'une nécessité invincible. Quand une blessure physique nous fait souffrir, nous y reconnaissons la marque de la nécessité qui nous entoure ; et tout est bien en nous, sauf la souffrance. Lorsqu'un objet présent, par son aspect ou par le bruit qu'il fait, ou par son odeur, provoque en nous de vifs mouvements de peur ou de désir, nous pouvons encore bien accuser les choses et les fuir, afin de nous remettre en équilibre. Mais pour la passion nous n'avons aucune espérance ; car si j'aime ou si je hais, il n'est pas nécessaire que l'objet soit devant mes yeux ; je l'imagine, et même je le change, par un travail intérieur qui est comme une poésie ; tout m'y ramène ; mes raisonnements sont sophistiques et me paraissent bons ; et c'est souvent la lucidité de l'intelligence qui me pique au bon endroit. On ne souffre pas autant par les émotions ; une belle peur vous jette dans la fuite, et vous ne pensez guère, alors, à vous-même. Mais la honte d'avoir eu peur, si l'on vous fait honte, se tournera en colère ou en discours. Surtout votre honte à vos propres yeux, quand vous êtes seul, et principalement la nuit, dans le repos forcé, voilà qui est insupportable, parce qu'alors vous la goûtez, si l'on peut dire, à loisir, et sans espérance ; toutes les flèches sont lancées par vous et reviennent sur vous ; c'est vous qui êtes votre ennemi.

Quand le passionné s'est assuré qu'il n'est pas malade, et que rien ne l'empêche pour l'instant de vivre bien, il en vient à cette réflexion : « Ma passion, c'est moi ; et c'est plus fort que moi. »

Il y a toujours du remords et de l'épouvante dans la passion, et par raison, il me semble ; car on se dit : « Devrais-je me gouverner si mal ? Devrais-je ressasser ainsi les mêmes choses ? » De là une humiliation. Mais une épouvante aussi, car on se dit : « C'est ma pensée même qui est empoisonnée ; mes propres raisonnements sont contre moi ; quel est ce pouvoir magique qui conduit ma pensée ? » Magie est ici à sa place. Je crois que c'est la force des passions et l'esclavage intérieur qui ont conduit les hommes à l'idée d'un pouvoir occulte et d'un mauvais sort jeté par un mot ou par un regard. Faute de pouvoir se juger malade, le passionné se juge maudit ; et cette idée lui fournit des développements sans fin pour se torturer lui-même. Qui rendra compte de ces vives souffrances qui ne sont nulle part ? Et la perspective d'un supplice sans fin, et qui s'aggrave même de minute en minute, fait qu'ils courent à la mort avec joie.

Beaucoup ont écrit là-dessus ; et les stoïciens nous ont laissé de beaux raisonnements contre la crainte et contre la colère. Mais Descartes est le premier, et il s'en vante, qui ait visé droit au but dans son Traité des Passions. Il a fait voir que la passion, quoiqu'elle soit toute dans un état de nos pensées, dépend néanmoins des mouvements qui se font dans notre corps ; c'est par le mouvement du sang, et par la course d'on ne sait quel fluide qui voyage dans les nerfs et le cerveau, que les mêmes idées nous reviennent, et si vives, dans le silence de la nuit ; cette agitation physique nous échappe communément ; nous n'en voyons que les effets ; ou bien encore nous croyons qu'elle résulte de la passion, alors qu'au contraire c'est le mouvement corporel qui nourrit les passions. Si l'on comprenait bien cela, on s'épargnerait tout jugement de réflexion, soit sur les rêves, soit sur les passions qui sont des rêves mieux liés ; on y reconnaîtrait la nécessité extérieure à laquelle nous sommes tous soumis, au lieu de s'accuser soi-même et de se maudire soi-même. On se dirait : « Je suis triste ; je vois tout noir ; mais les événements n'y sont pour rien ; mes raisonnements n'y sont pour rien ; c'est mon corps qui veut raisonner ; ce sont des opinions d'estomac. »

9 mai 1911

VII

Crainte est maladie

Je me souviens d'un canonnier qui lisait dans les mains. Il était bûcheron de son métier et formé par cette vie sauvage à l'interprétation immédiate des signes ; je suppose qu'à l'imitation de quelque autre sorcier il s'était mis à observer aussi le creux des mains ; et c'était là qu'il lisait la pensée, comme nous faisons tous dans le regard et dans les plis du visage. Au bois des Clairs Chênes, à la lueur d'une bougie, il retrouvait son temple et sa majesté, disant au sujet des caractères des choses souvent justes et toujours mesurées, annonçant aussi l'avenir prochain et l'avenir lointain de chacun, choses qui ne font point rire. Et j'eus occasion de remarquer dans la suite qu'une de ses prédictions se trouva vérifiée ; en quoi sans doute j'ajoutais quelque chose au souvenir, car il m'était agréable de retrouver la prédiction dans l'événement. Ce jeu de l'imagination m'avertit une fois de plus, et me confirma dans la prudence que j'ai toujours suivie ; car je n'ai montré les lignes de ma main ni à lui ni à aucun autre. Toute la force de l'incrédulité est en ceci qu'on ne veut point consulter l'oracle ; dès qu'on le consulte, il faut y croire un peu. Aussi la fin des oracles, qui marque la révolution chrétienne, n'est-elle pas un petit événement.

Thalès, Bias, Démocrite et les autres vieillards fameux des temps anciens avaient sans doute une tension artérielle peu satisfaisante dans le temps où ils commençaient à perdre leurs cheveux, mais ils n'en savaient rien ; ce n'était pas un petit avantage. Les solitaires de la Thébaïde se trouvaient encore mieux placés ; comme ils espéraient la mort au lieu de la craindre, ils vivaient très longtemps. Si l'on étudiait physiologiquement et de très près l'inquiétude et la crainte, on verrait que ce sont des maladies qui s'ajoutent aux autres et en précipitent le cours, en sorte que celui qui sait qu'il est malade, et qui le sait d'avance d'après l'oracle médecin, se trouve deux fois malade. Je vois bien que la crainte nous conduit à combattre la maladie par le régime et les remèdes ; mais quel régime et quels remèdes nous guériront de craindre ?

Le vertige qui nous prend sur les hauteurs est une maladie véritable, qui vient de ce que nous mimons la chute et les mouvements désespérés d'un homme qui tombe. Ce mal est tout d'imagination. La colique du candidat de même ; ainsi la crainte de répondre mal agit aussi énergiquement que l'huile de ricin. Mesurez d'après cela les effets d'une crainte continuelle. Mais pour se rendre prudent à l'égard de la prudence, il faut arriver à considérer ceci, que les mouvements de la crainte vont naturellement à aggraver le mal. Celui qui craint de ne pas dormir est mal disposé pour dormir, et celui qui craint son estomac est mal disposé pour digérer. Il faudrait donc mimer la santé plutôt que la maladie. Cette gymnastique n'est pas connue dans ses détails, mais on peut parier que les gestes de la politesse et de la bienveillance se rapportent à la santé, d'après cette sorte de théorème selon lequel les signes de la santé ne sont autres que les mouvements conformes à la santé. Les mauvais médecins seraient donc ceux qu'on aime assez pour vouloir les intéresser à ses propres maux ; et les bons médecins sont ceux au contraire qui vous demandent selon l'usage : « Comment allez-vous ? » et qui n'écoutent pas la réponse.

5 mars 1922

VIII

De l'imagination

Lorsque le médecin vous recoud la peau du visage, à la suite de quelque petit accident, il y a, parmi les accessoires, un verre de rhum propre à ranimer le courage défaillant. Or, communément ce n'est point le patient qui boit le verre de rhum, mais c'est l'ami spectateur, qui, sans en être averti par ses propres pensées, tourne au blanc verdâtre et perdrait le sentiment. Ce qui fait voir, contre le moraliste, que nous n'avons pas toujours assez de force pour supporter les maux d'autrui.

Cet exemple est bon à considérer parce qu'il fait voir un genre de pitié qui ne dépend point de nos opinions. Directement la vue de ces gouttes de sang, et de cette peau qui résiste à l'aiguille courbe, produit une sorte d'horreur diffuse, comme si nous retenions notre propre sang, comme si nous durcissions notre propre peau. Cet effet d'imagination est invincible à la pensée, parce que l'imagination est ici sans pensée. Le raisonnement de la sagesse serait évident et bien facile à suivre, car ce n'est pas la peau du spectateur qui est entamée ; mais ce raisonnement n'a aucune action sur l'événement ; le rhum persuade mieux.

D'où je comprends que nos semblables ont grande puissance sur nous, par leur présence seule, par les seuls signes de leurs émotions et de leurs passions. La pitié, la terreur, la colère, les larmes n'attendent point que je m'intéresse d'esprit à ce que je vois. La vue d'une blessure horrible change le visage du spectateur, et ce visage à son tour annonce l'horrible et touche au diaphragme le spectateur du spectateur avant qu'il sache ce que l'autre voit. Et la description, quelque talent qu'on y emploie, sait moins émouvoir que ce visage ému. La touche de l'expression est directe et immédiate. Aussi c'est très mal décrire la pitié si l'on dit que celui qui l'éprouve pense à lui-même et se voit à la place de l'autre. Cette réflexion, quand elle vient, ne vient qu'après la pitié ; par l'imitation du semblable, le corps se dispose aussitôt selon la souffrance, ce qui fait une anxiété d'abord sans nom ; l'homme se demande compte à lui-même de ce mouvement du cœur qui lui vient comme une maladie.

On pourrait bien aussi expliquer le vertige par un raisonnement ; l'homme devant le gouffre se dirait qu'il peut y tomber ; mais, s'il tient le garde-fou, il se dit au contraire qu'il ne peut y tomber ; le vertige ne le parcourt pas moins des talons à la nuque. Le premier effet de l'imagination est toujours dans le corps. J'ai entendu le récit d'un rêve où le rêveur était en présence d'une exécution capitale imminente, sans qu'il sût si c'était de lui ou d'un autre, et sans même qu'il formât une opinion exprimable là-dessus ; seulement il sentait une douleur aux vertèbres crâniennes. Telle est la pure imagination. L'âme séparée, que l'on veut toujours supposer généreuse et sensible, serait au contraire, il me semble, toujours économe de son intérêt ; le corps vivant est plus beau, qui souffre par l'idée et qui se guérit par l'action. Non sans tumulte ; mais aussi la vraie pensée a autre chose à surmonter qu'une difficulté de logique ; et c'est un reste de tumulte qui fait les pensées belles. La métaphore est la part du corps humain dans ce jeu héroïque.

20 février 1923

IX

Maux d'esprit

L'imagination est pire qu'un bourreau chinois ; elle dose la peur ; elle nous la fait goûter en gourmets. Une catastrophe réelle ne frappe pas deux fois au même point ; le coup écrase la victime ; l'instant d'avant elle était comme nous sommes quand nous ne pensons point à la catastrophe. Un promeneur est atteint par une automobile, lancé à vingt mètres et tué net. Le drame est fini ; il n'a point commencé ; il n'a point duré ; c'est par réflexion que naît la durée.

Aussi, moi qui pense à l'accident, j'en juge très mal. J'en juge comme un homme qui, toujours sur le point d'être écrasé, ne le serait jamais. J'imagine cette auto qui arrive ; dans le fait, je me sauverais si je percevais une telle chose ; mais je ne me sauve pas, parce que je me mets à la place de celui qui a été écrasé. Je me donne comme une vue cinématographique de mon propre écrasement, mais une vue ralentie, et même arrêtée de temps en temps ; et je recommence ; je meurs mille fois et tout vivant. Pascal disait que la maladie est insupportable pour celui qui se porte bien, justement parce qu'il se porte bien. Une maladie grave nous accable sans doute assez pour que nous n'en sentions plus enfin que l'action présente. Un fait a cela de bon, si mauvais qu'il soit, qu'il met fin au jeu des possibles, qu'il n'est plus à venir, et qu'il nous montre un avenir nouveau avec des couleurs nouvelles. Un homme qui souffre espère, comme un bonheur merveilleux, un état médiocre qui, la veille, aurait fait son malheur peut-être. Nous sommes plus sages que nous ne croyons.

Les maux réels vont vite, comme le bourreau va chez nous. Il coupe les cheveux, échancre la chemise, lie les bras, pousse l'homme. Cela me paraît long, parce que j'y pense, parce que j'y reviens, parce que j'essaie d'entendre ce bruit des ciseaux, de sentir la main des aides sur mon bras. Dans le fait une impression chasse l'autre, et les pensées réelles du condamné sont des frissons sans doute, comme les tronçons d'un ver ; nous voulons que le ver souffre d'être coupé en morceaux ; mais dans quel morceau sera la souffrance du ver ?

On souffre de retrouver un vieillard revenu à l'enfance, ou un ivrogne hébété qui nous montre « le tombeau d'un ami ». On souffre parce que l'on veut qu'ils soient en même temps ce qu'ils sont et ce qu'ils ne sont plus. Mais la nature a fait son chemin ; ses pas sont heureusement irréparables ; chaque état nouveau rendait possible le suivant ; toute cette détresse que vous ramassez en un point est égrenée sur la route du temps ; c'est le malheur de cet instant qui va porter l'instant suivant. Un homme vieux, ce n'est pas un homme jeune qui souffre de la vieillesse ; un homme qui meurt ce n'est pas un vivant qui meurt.

C'est pourquoi il n'y a que les vivants qui soient atteints par la mort, que les heureux qui conçoivent le poids de l'infortune ; et, pour tout dire, on peut être plus sensible aux maux d'autrui qu'à ses propres maux, et sans hypocrisie. De là un faux jugement sur la vie, qui empoisonne la vie, si l'on n'y prend garde. Il faut penser le réel présent de toutes ses forces, par science vraie, au lieu de jouer la tragédie.

12 décembre 1910

X

Argan

De très petites causes peuvent gâter une belle journée, par exemple un soulier qui blesse. Rien ne peut plaire alors, et le jugement en est hébété. Le remède est simple ; tout ce malheur s'enlève comme un vêtement. Nous le savons bien ; et ces malheurs sont rendus légers, même dans le présent, par la connaissance des causes. Le nourrisson qui sent la pointe d'une épingle hurle comme s'il était malade au plus profond ; c'est qu'il n'a pas idée de la cause ni du remède. Et quelquefois même il se fait mal à force de crier, et n'en crie que plus fort. Voilà ce que l'on doit nommer un mal imaginaire ; car les maux imaginaires sont aussi réels que les autres ; ils sont seulement imaginaires en ceci que nous les entretenons par nos propres mouvements, en même temps que nous en accusons les choses extérieures. Il n'y a pas que les nourrissons qui s'irritent de crier.

On dit souvent que la mauvaise humeur est une maladie et qu'on n'y peut rien. C'est pourquoi je rappelle d'abord des exemples de souffrance et d'irritation qu'un mouvement très simple peut aussitôt supprimer. On sait qu'une crampe au mollet ferait crier l'homme le plus ferme ; mais appuyez le pied bien à plat sur le sol, et vous êtes guéri en un instant. Pour un moucheron ou un charbon dans l'œil, si vous vous frottez, c'est un ennui de deux ou trois heures ; mais tenez seulement vos deux mains immobiles et regardez la pointe de votre nez ; aussitôt le courant des larmes vous délivre ; et, depuis que j'ai appris ce remède si simple, j'en ai fait plus de vingt fois l'expérience. Preuve qu'il est sage de ne pas d'abord accuser les êtres et choses autour de nous, et de prendre garde premièrement à nous-même. On croit observer quelquefois chez les autres une certaine prédilection pour le malheur, et cela se voit grossi dans un certain genre de fous. D'où l'on pourrait bien inventer quelque sentiment mystique en même temps et diabolique. C'est être dupe de l'imagination ; il n'y a point tant de profondeur dans un homme qui se gratte, et nullement un appétit de douleur, mais plutôt une agitation et irritation qui s'entretiennent d'elles-mêmes, par l'ignorance des causes. La peur qu'on a de tomber de cheval résulte de mouvements gauches et tumultueux par lesquels nous croyons nous sauver de chute ; et le pire est que ces mouvements font peur au cheval. D'où je conclurais, à la manière Scythe, que lorsqu'un homme sait monter à cheval, il a toute la sagesse ou presque. Il y a même un art de tomber, étonnant dans l'ivrogne parce qu'il ne pense point du tout à bien tomber, admirable dans le pompier, parce qu'il a appris par gymnastique à tomber sans craindre.

Un sourire nous semble peu de chose et sans effet sur l'humeur ; aussi ne l'essayons-nous point. Mais la politesse souvent, en nous tirant un sourire et la grâce d'un salut, nous change tout. Le physiologiste en sait bien la raison ; car le sourire descend aussi profond que le bâillement, et, de proche en proche, délie la gorge, les poumons et le cœur. Le médecin ne trouverait pas, dans sa boîte à remèdes, de quoi agir si promptement, si harmonieusement. L'imagination ici nous tire de peine par un soulagement qui n'est pas moins réel que les maux qu'elle cause. Au reste celui qui veut faire l'insouciant sait bien hausser les épaules, ce qui, à bien regarder, aère les poumons et calme le cœur, dans tous les sens du mot. Car ce mot a plusieurs sens, mais il n'y a qu'un cœur.

11 septembre 1923

XI

Médecine

« Je connais, dit l'homme de science, un nombre important de vérités, et je forme une idée suffisante de celles que j'ignore. Je sais ce que c'est qu'une machine, et comment il arrive qu'un écrou sautant détruit tout, faute d'un peu de soin, faute d'une attention de quelques minutes, et toujours parce que l'homme de l'art n'a pas été consulté en temps opportun. C'est pourquoi je réserve une part de mon temps pour la surveillance de cette machine composée que j'appelle mon corps. C'est pourquoi, dès qu'il y a symptôme de frottement ou grincement, je me livre à l'homme de l'art pour qu'il explore la partie malade ou supposée telle. Et par ces soins, selon les avertissements de l'illustre Descartes, je suis assuré, les coups du sort mis à part, de prolonger ma vie autant que le comporte l'instrument que j'ai reçu de mes pères. Et voilà ma sagesse. » Il parlait ainsi, mais il vivait tristement.

« Je connais, dit le liseur, un nombre important d'idées fausses qui compliquèrent la vie des hommes dans les temps de crédulité. Ces erreurs m'ont instruit de vérités importantes, dont nos savants se font une faible idée. L'imagination, d'après ce que j'ai lu, est la reine de ce monde humain ; et le grand Descartes, en son Traité des Passions, m'en a assez expliqué les causes. Car il ne se peut point qu'une inquiétude, même si j'arrive à la surmonter, n'enflamme point mes entrailles ; il ne se peut point qu'une surprise ne change pas les battements de mon cœur. Et l'idée seule d'un ver de terre trouvé dans la salade me donne une réelle nausée. Toutes ces folles idées, quand je n'y croirais point, m'empoignent au fond de moi-même et dans les parties vitales, et modifient brusquement le cours du sang et des humeurs, ce que ma volonté ne saurait point faire. Eh bien, quels que soient les invisibles ennemis que j'avale à chaque bouchée, ils ne peuvent pas plus sur mon cœur ni sur mon estomac que les changements de mon humeur ou les rêveries de mon imagination. Il est nécessaire, premièrement, que je me tienne content, autant que je puis ; il est nécessaire, secondement, que j'écarte ce genre de souci qui a pour objet mon corps même, et qui a pour effet certain de troubler toutes les fonctions vitales. Car ne voit-on pas, dans l'histoire de tous les peuples, des hommes qui sont morts parce qu'ils se croyaient maudits ? Ne voit-on pas que les envoûtements réussissaient très bien, si seulement le principal intéressé en était averti ? Or, que peut faire le meilleur médecin, sinon m'envoûter moi-même ? Et quel bien puis-je attendre de ses pilules, quand une seule parole de lui change les battements de mon cœur ? Je ne sais pas trop ce que je puis espérer de la médecine, mais je sais très bien ce que j'en puis craindre. Et, ma foi, quelque dérangement que je sente dans cette machine que j'appelle moi, je me console encore le mieux par l'idée que c'est mon attention même et mon souci même qui fait presque tout le désordre, et que le premier et le plus sûr remède est donc de ne pas plus redouter un mal d'estomac ou un mal de reins qu'un cor au pied. Qu'un peu d'épiderme durci puisse faire souffrir autant, n'est-ce pas une bonne leçon de patience ? »

23 mars 1922

XII

Le sourire

Je voudrais dire de la mauvaise humeur qu'elle n'est pas moins cause qu'effet ; je serais même porté à croire que la plupart de nos maladies résultent d'un oubli de la politesse, j'entends d'une violence du corps humain sur lui-même. Mon père, qui par son métier observait les animaux, disait que, soumis pourtant aux mêmes conditions et autant portés que nous à abuser, ils ont bien moins de maladies, et il s'en étonnait. C'est que les animaux n'ont point d'humeur, j'entends cette irritation, ou bien cette fatigue, ou bien cet ennui qui sont entretenus par la pensée. Par exemple chacun sait que notre pensée se scandalise de ne dormir point quand elle voudrait, et, par cette inquiétude, se met justement dans le cas de ne pouvoir dormir. Ou bien, d'autres fois, craignant le pire, elle ranime par ses mauvaises rêveries un état d'anxiété qui éloigne la guérison. Il ne faut que la vue d'un escalier pour que le cœur se serre, comme on dit si bien, par un effet d'imagination qui nous coupe le souffle, dans le moment même où nous avons besoin de respirer amplement. Et la colère est à proprement parler une sorte de maladie, tout à fait comme est la toux ; on peut même considérer la toux comme un type de l'irritation ; car elle a bien ses causes dans l'état du corps ; mais aussitôt l'imagination attend la toux et même la cherche, par une folle idée de se délivrer de son mal en l'exaspérant, comme font ceux qui se grattent. Je sais bien que les animaux aussi se grattent, et jusqu'à se nuire à eux-mêmes ; mais c'est un dangereux privilège de l'homme que de pouvoir, si j'ose dire, se gratter par la seule pensée, et directement, par ses passions, exciter son cœur et pousser les ondes du sang ici et là.

Passe encore pour les passions ; ne s'en délivre pas qui veut ; on n'y peut arriver que par un long détour de doctrine, comme celui qui est assez sage pour ne point rechercher les honneurs, afin de ne pas être entraîné à les désirer. Mais la mauvaise humeur nous lie, nous étouffe et nous étrangle, par ce seul effet que nous nous disposons selon un état du corps qui porte à la tristesse, et de façon à entretenir cette tristesse. Celui qui s'ennuie a une manière de s'asseoir, de se lever, de parler, qui est propre à entretenir l'ennui. L'irrité se noue d'une autre manière ; et le découragé détache, je dirais presque détèle ses muscles autant qu'il peut, bien loin de se donner à lui-même par quelque action ce massage énergique dont il a besoin.

Réagir contre l'humeur ce n'est point l'affaire du jugement; il n'y peut rien; mais il faut changer l'attitude et se donner le mouvement convenable; car nos muscles moteurs sont la seule partie de nous-mêmes sur laquelle nous ayons prise. Sourire, hausser les épaules, sont des manœuvres connues contre les soucis; et remarquez que ces mouvements si faciles changent aussitôt la circulation viscérale. On peut s'étirer volontairement et se conduire à bâiller, ce qui est la meilleure gymnastique contre l'anxiété et l'impatience. Mais l'impatient n'aura point l'idée de mimer ainsi l'indifférence; de même il ne viendra pas à l'esprit de celui qui souffre d'insomnie de faire semblant de dormir. Bien au contraire, l'humeur se signifie elle-même à elle-même, et ainsi s'entretient. Faute de sagesse, nous courons à politesse; nous cherchons l'obligation de sourire. C'est pourquoi la société des indifférents est tant aimée.

20 avril 1923

XIII

Accidents

Chacun a médité un petit moment sur l'effroyable chute. L'énorme voiture a manqué d'une roue et s'est inclinée d'abord assez lentement peut-être; et ces malheureux, suspendus un moment au-dessus de l'abîme, crièrent inhumainement. Chacun imagine assez aisément la scène, et quelques-uns, en rêve, éprouveront ce commencement de chute et l'attente du choc. Mais c'est qu'ils ont temps aussi pour délibérer; ils miment la chose; ils goûtent la peur; ils s'arrêtent de tomber pour y penser. Une femme me dit un jour : « Moi qui ai peur de tout, il faudra pourtant que je meure. » Heureusement la force des choses, quand elle nous tient, ne nous laisse pas loisir; la chaîne des instants est comme rompue; ainsi l'extrême souffrance n'est que poussière de souffrance; impalpable. L'horreur est soporifique. Le chloroforme, selon la vraisemblance, n'endort que le plus haut de la pensée ; le peuple des organes s'agite et souffre pour soi ; mais la somme n'en est point faite. Toute douleur veut être contemplée, ou bien elle n'est pas sentie du tout. Qu'est-ce qu'un mal d'un millième de seconde et aussitôt oublié ? La douleur, comme d'un mal de dents, suppose que l'on prévoit, que l'on attend, que l'on étale quelque durée en avant et en arrière du présent ; le seul présent est comme nul. Nous craignons plus que nous ne souffrons.

Ces remarques, qui sont le thème de toute consolation véritable, sont fondées sur une exacte analyse de la conscience elle-même. Mais l'imagination parle haut ; c'est son jeu de composer l'horreur. Il faudrait quelque expérience. Toutefois l'expérience ne manque pas tout à fait. Il m'arriva un jour, au théâtre, d'être porté à plus de dix mètres de mon fauteuil par une courte panique ; il n'avait fallu qu'une odeur de roussi et quelque mouvement de fuite aussitôt imité. Or, qu'y a-t-il de plus horrible que d'être pris en ce torrent humain et d'être porté on ne sait vers quoi, ni pourquoi ? Mais je n'en sus rien, ni sur le moment même, ni par réflexion. Simplement je fus déplacé ; et, comme je n'avais pas à délibérer, il n'y eut pas de pensée du tout. La prévision, le souvenir, tout manqua à la fois ; ainsi il n'y eut plus de perception ni même de sentiment, mais plutôt un sommeil de quelques secondes.

Le soir que je partis pour la guerre, dans ce triste wagon plein de rumeurs, de récits passionnés et de folles images, j'étais assailli par des pensées peu agréables. Il y avait là quelques fuyards de Charleroi qui avaient eu le loisir d'avoir peur. Pour comble il se trouvait dans un coin une sorte de mort assez blême, à la tête bandée. Cette vue donnait réalité aux effrayants tableaux de la bataille. « Ils arrivaient sur nous, disait le narrateur, comme des fourmis ; nos feux n'arrêtaient rien. » Les imaginations étaient en déroute, Heureusement le mort parla, et nous conta comment il avait été tué en Alsace, d'un éclat derrière l'oreille ; mal non plus imaginaire, mais véritable. « Nous courions, dit-il, sous le couvert d'un bois. Je débouche ; mais à partir de là je ne sais que dire ; c'est comme si le grand air m'avait endormi tout soudain, et je me suis réveillé dans un lit d'hôpital, où l'on m'a dit qu'on m'avait tiré de la tête un éclat gros comme le pouce. » Ainsi je fus ramené des maux imaginaires aux maux réels par cet autre Er échappé des enfers ; et je soupçonnai que les plus grands maux sont de mal penser. Ce qui ne me guérit pourtant point tout à fait d'imaginer le choc brutal et le fracas des os rompus dans ma tête. Mais c'est quelque chose déjà de savoir que l'on n'imagine jamais les maux comme ils sont.

22 août 1923

XIV

Drames

Les réchappés de ce grand naufrage ont des souvenirs terrifiants. Cette muraille de glace qui se montre au hublot, cette hésitation et cette espérance d'un moment ; puis le spectacle de ce grand bâtiment illuminé sur cette mer tranquille ; puis l'avant qui s'abaisse ; les lumières qui s'éteignent soudain ; les hurlements, aussitôt, de dix-huit cents personnes ; l'arrière du bateau se dressant comme une tour, et les machines tombant vers l'avant avec un bruit de cent tonnerres ; enfin ce grand cercueil glissant sous les eaux presque sans remous ; la nuit froide régnant sur la solitude ; après cela le froid, le désespoir, et enfin le salut. Drame refait bien des fois pendant ces nuits où ils ne dormirent point ; où les souvenirs sont maintenant liés ; où chaque partie prend sa signification tragique, comme dans une pièce bien composée.

Quand le jour se lève au château, dans Macbeth, il y a un portier qui regarde le jour naissant et les hirondelles ; tableau plein de fraîcheur et de simplicité et de pureté ; mais nous savons que le crime a été commis. L'horreur tragique est ici au comble. De même, dans ces souvenirs du naufrage, chaque moment est éclairé par ce qui va suivre. Ainsi l'image de ce bâtiment tout éclairé, tranquille, solide sur la mer, était rassurante dans le moment ; dans le souvenir, dans les rêves qu'ils en auront, dans l'image que je m'en fais, c'est le moment d'une attente horrible. Le drame se déroule maintenant pour un spectateur qui sait, qui comprend, qui goûte l'agonie minute par minute ; mais, dans l'action même, ce spectateur n'existe pas. La réflexion manque ; les impressions changent en même temps que le spectacle ; et, pour mieux dire, il n'y a point de spectacle, mais seulement des perceptions inattendues, non interprétées, mal liées, et surtout des actions qui submergent les pensées ; un naufrage des pensées à chaque instant, chaque image apparaît et meurt. L'événement a tué le drame. Ceux qui sont morts n'ont rien senti.

Sentir, c'est réfléchir, c'est se souvenir. Chacun a pu observer la même chose, dans les petits et grands accidents ; la nouveauté, l'inattendu, l'action pressante occupent toute l'attention, sans aucun sentiment ; celui qui essaie, en toute sincérité, de reconstruire l'événement lui-même, voudrait dire qu'il vivait comme dans un rêve, sans comprendre, sans prévoir ; mais la terreur qu'il éprouve maintenant en y pensant l'entraîne à un récit dramatique. Il en est ainsi dans les grands chagrins, lorsque l'on suit la maladie de quelqu'un jusqu'à sa mort. On est alors comme stupide et tout entier aux actions et aux perceptions de chaque moment. Même si l'on donne aux autres l'image de la terreur ou du désespoir, ce n'est pas à ce moment-là que l'on souffre. Et ceux qui ont trop pensé à leurs peines, lorsqu'ils les racontent à faire pleurer les autres, ils trouvent encore à cette action un petit soulagement.

Surtout, quels qu'aient pu être les sentiments de ceux qui sont morts, la mort a tout effacé ; avant que nous eussions ouvert notre journal, leur supplice avait pris fin ; ils étaient guéris. Idée familière à tous, qui me fait penser que l'on ne croit pas réellement à une vie après la mort. Mais, dans l'imagination des survivants, les morts ne cessent jamais de mourir.

24 avril 1912

XV

Sur la mort

La mort d'un homme d'État est une occasion de méditer ; et l'on voit partout des théologiens d'un instant. Chacun fait retour sur soi et sur la commune condition ; mais cette pensée elle-même n'a point d'objet ; nous ne pouvons nous penser nous-mêmes que vivants. D'où une impatience. Devant cette menace abstraite et tout à fait informe, nous ne savons que faire. Descartes disait que l'irrésolution est le plus grand des maux. Eh bien nous y voilà jetés, et sans aucun remède. Ceux qui vont se pendre sont mieux placés ; ils choisissent le clou et la corde ; tout dépend d'eux jusqu'au dernier saut. Et, comme le goutteux est occupé à bien placer sa jambe, ainsi chaque état, si mauvais qu'il soit, veut quelque soin réel et quelque essai. Mais l'état d'un homme bien portant qui pense à la mort est presque ridicule, par ce risque indéterminé. Cette courte agitation tout à fait sans règle, et qui serait bientôt sans mesure, c'est la passion toute nue. Le jeu de cartes, faute de mieux, offre heureusement à l'actif penseur des problèmes bien définis, des partis à prendre, et des échéances prochaines.

L'homme est courageux ; non pas à l'occasion, mais essentiellement. Agir c'est oser. Penser c'est oser. Le risque est partout ; cela n'effraie point l'homme. Vous le voyez chercher la mort et la défier ; mais il ne sait point l'attendre. Tous ceux qui sont inoccupés sont assez guerriers par l'impatience. Ce n'est pas qu'ils veuillent mourir, mais c'est plutôt qu'ils veulent vivre. Et la vraie cause de la guerre est certainement l'ennui d'un petit nombre, qui voudraient des risques bien clairs, et même cherchés et définis, comme aux cartes. Et ce n'est point par hasard que ceux qui travaillent de leurs mains sont pacifiques ; c'est qu'aussi ils sont victorieux d'instant en instant. Leur propre durée est pleine et affirmative. Ils ne cessent pas de vaincre la mort, et telle est la vraie manière d'y penser. Ce qui occupe le soldat, ce n'est pas cette condition abstraite d'être sujet à la mort, mais c'est tel danger et puis tel autre. Il se pourrait bien que la guerre fût le seul remède à la théologie dialectique. Tous ces mangeurs d'ombres finissent toujours par nous conduire à la guerre, parce qu'il n'y a au monde que le danger réel qui guérisse de la peur.

Voyez même un malade, comme il est aussitôt guéri, par la maladie, de la peur d'être malade. C'est l'imaginaire toujours qui est notre ennemi, parce que nous n'y trouvons rien à prendre. Que faire contre des suppositions ? Il arrive qu'un homme se trouve ruiné ; aussitôt il voit plus d'une chose à faire, et pressante ; ainsi il retrouve sa vie intacte. Mais un homme qui craint d'être ruiné et misérable, simplement parce qu'il imagine la révolution, les surprises du change, l'avilissement de son papier, que peut-il faire ? Que peut-il vouloir ? N'importe quelle idée qui lui vient est niée aussitôt par l'idée contraire, car les possibles sont sans bornes ; ainsi les maux renaissent toujours, sans aucun progrès. Toutes ses actions sont des commencements qui s'entrecoupent et se nouent. Je crois qu'il n'y a pas autre chose dans la peur qu'une agitation sans résultat, et que la méditation augmente toujours la peur. Les hommes craignent la mort dès qu'ils y pensent ; je le crois bien ; mais que ne craignent-ils pas, dès qu'ils pensent sans faire ? Que ne craignent-ils pas, dès que leur pensée se perd dans les simples possibles ? On peut avoir la colique par la seule pensée d'un examen. Ne croirait-on pas, à ce mouvement des entrailles, que quelque fer les menace ? Mais non. C'est l'irrésolution, par l'absence d'objet, qui leur met le feu au ventre.

10 août 1923

XVI

Attitudes

Le plus vulgaire des hommes est un grand artiste dès qu'il mime ses malheurs. S'il a le cœur serré, comme on dit si bien, vous le voyez étrangler encore sa poitrine avec ses bras, et tendre tous ses muscles les uns contre les autres. Dans l'absence de tout ennemi, il serre les dents, arme sa poitrine, et montre le poing au ciel. Et sachez bien que, même si ces gestes perturbateurs ne se produisent pas au-dehors, ils n'en sont pas moins esquissés à l'intérieur du corps immobile, d'où résultent de plus puissants effets encore. On s'étonne quelquefois, quand on ne dort point, de ce que les mêmes pensées, presque toujours désagréables, tournent en rond ; il y a à parier que c'est la mimique esquissée qui les rappelle. Contre tous les maux de l'ordre moral, et aussi bien contre les maladies à leur commencement, il faut assouplissement et gymnastique ; et je crois que presque toujours ce remède suffirait ; mais on n'y pense point.

Les coutumes de politesse sont bien puissantes sur nos pensées ; et ce n'est pas un petit secours contre l'humeur et même contre le mal d'estomac si l'on mime la douceur, la bienveillance et la joie ; ces mouvements, qui sont courbettes et sourires, ont cela de bon qu'ils rendent impossibles les mouvements opposés, de fureur, de défiance, de tristesse. C'est pourquoi la vie de société, les visites, les cérémonies et les fêtes sont toujours aimées ; c'est une occasion de mimer le bonheur ; et ce genre de comédie nous délivre certainement de la tragédie ; ce n'est pas peu.

L'attitude religieuse est utile à considérer pour le médecin ; car ce corps agenouillé, replié et détendu délivre les organes, et rend les fonctions vitales plus aisées. « Baisse la tête, fier Sicambre » ; on ne lui demande point de se guérir de colère et d'orgueil mais d'abord de se taire, de reposer ses yeux, et de se disposer selon la douceur ; par ce moyen tout le violent du caractère est effacé ; non pas à la longue ni pour toujours, car cela dépasse notre pouvoir, mais aussitôt et pour un moment. Les miracles de la religion ne sont point miracles.

Il est beau de voir comment un homme chasse une idée importune ; vous le voyez hausser les épaules et secouer sa poitrine, comme s'il démêlait ses muscles ; vous le voyez tourner la tête, de façon à se donner d'autres perceptions et d'autres rêveries ; jeter au loin ses soucis par un geste libre, et faire claquer ses doigts, ce qui est le commencement d'une danse. Si la harpe de David le prend à ce moment-là, réglant et tempérant ces gestes afin d'écarter toute fureur et toute impatience, le mélancolique se trouve aussitôt guéri.

J'aime le geste de la perplexité ; l'homme se gratte les cheveux derrière l'oreille ; or, cette ruse a pour effet de détourner et amuser un des gestes les plus redoutables, celui qui va lancer la pierre ou le javelot. Ici la mimique qui délivre est tout près du geste qui entraîne. Le chapelet est une invention admirable qui occupe la pensée et les doigts ensemble à compter. Mais le secret du sage est encore plus beau, d'après lequel la volonté n'a aucune prise sur les passions, mais a prise directe sur les mouvements. Il est plus facile de prendre un violon et d'en jouer que de se faire, comme on dit, une raison.

16 février 1922

XVII

Gymnastique

Comment expliquer qu'un pianiste, qui croit mourir de peur en entrant sur la scène, soit immédiatement guéri dès qu'il joue ? On dira qu'il ne pense plus alors à avoir peur, et c'est vrai ; mais j'aime mieux réfléchir plus près de la peur elle-même, et comprendre que l'artiste secoue la peur et la défait par ces souples mouvements des doigts. Car, comme tout se tient en notre machine, les doigts ne peuvent être déliés si la poitrine ne l'est aussi ; la souplesse, comme la raideur, envahit tout ; et, dans ce corps bien gouverné, la peur ne peut plus être. Le vrai chant et la vraie éloquence ne rassurent pas moins, par ce travail mesuré qui est alors imposé à tous les muscles. Chose remarquable et trop peu remarquée, ce n'est point la pensée qui nous délivre des passions, mais c'est plutôt l'action qui nous délivre. On ne pense point comme on veut ; mais, quand des actions sont assez familières, quand les muscles sont dressés et assouplis par gymnastique, on agit comme on veut. Dans les moments d'anxiété n'essayez point de raisonner, car votre raisonnement se tournera en pointes contre vous-même ; mais plutôt essayez ces élévations et flexions des bras que l'on apprend maintenant dans toutes les écoles ; le résultat vous étonnera. Ainsi le maître de philosophie vous renvoie au maître de gymnastique.

Un aviateur m'a conté quelle belle peur il eut pendant deux heures, alors qu'il était couché sur l'herbe, attendant l'éclaircie, et méditant sur des dangers contre lesquels il ne pouvait rien. En l'air et jouant sur l'instrument familier, il fut guéri. Ce récit me revenait en mémoire comme je lisais quelques-unes des aventures de l'illustre Fonck. Un jour, se trouvant à quatre mille mètres au-dessus du sol dans un avion à canon, il s'aperçoit que les commandes n'obéissent plus et qu'il tombe. Il cherche la cause, aperçoit enfin un obus échappé de son casier et qui immobilisait tout, le remet en place, toujours tombant, et relève son appareil sans autre dommage. De telles minutes sont bien capables, par souvenir ou bien en rêve, d'effrayer encore aujourd'hui cet homme courageux ; mais si l'on voulait croire qu'il eut peur dans le moment même comme il peut avoir eu peur en y pensant, je crois que l'on se trompe. Notre corps nous est difficile en ce sens que, dès qu'il ne reçoit pas d'ordres, il prend le commandement ; mais en revanche il est ainsi fait qu'il ne peut être disposé de deux manières en même temps ; il faut qu'une main soit ouverte ou fermée. Si vous ouvrez la main, vous laissez échapper toutes les pensées irritantes que vous teniez dans votre poing fermé. Et si vous haussez seulement les épaules, il faut que les soucis s'envolent, que vous serriez dans la cage thoracique. C'est de la même manière que vous ne pouvez à la fois avaler et tousser, et c'est ainsi que j'explique la vertu des pastilles. Pareillement vous vous guérirez du hoquet si vous arrivez à bâiller. Mais comment bâiller ? On y arrive très bien en mimant d'abord la chose, par étirements et bâillements simulés ; l'animal caché, le même qui vous donne le hoquet sans votre permission, sera mis ainsi dans la position de bâiller, et il bâillera. Puissant remède contre le hoquet, contre la toux et contre le souci. Mais où est le médecin qui ordonnera de bâiller tous les quarts d'heure ?

16 mars 1922

XVIII

Prières

On ne peut pas du tout penser le son i en ouvrant la bouche. Essayez, et vous constaterez que votre i silencieux, et seulement imaginé, deviendra une espèce d'a. Cet exemple fait voir que l'imagination ne va pas loin si les organes moteurs du corps exécutent des mouvements qui la contrarient. Le geste vérifie cette relation par l'épreuve directe, puisqu'il dessine tous les mouvements imaginés ; si je suis en colère, il faut que je ferme les poings. Cela est bien connu, mais on n'en tire pas communément une méthode pour régler les passions.

Toute religion enferme une prodigieuse sagesse pratique ; par exemple, contre les mouvements de révolte d'un malheureux, qui veut nier le fait, et qui s'use et redouble son malheur par ce travail inutile, le mettre à genoux et la tête dans ses mains, cela vaut mieux qu'un raisonnement ; car par cette gymnastique, c'est le mot, vous contrariez l'état violent de l'imagination, et vous suspendez un moment l'effet du désespoir ou de la fureur.

Mais les hommes, dès qu'ils sont livrés aux passions, sont d'une naïveté étonnante. Ils croiront difficilement à des remèdes aussi simples. Un homme à qui on a manqué fera mille raisonnements d'abord pour confirmer l'offense ; il cherchera des circonstances aggravantes, et il en trouvera ; des précédents, et il en trouvera. Voilà, dira-t-il, les causes de ma juste colère ; et je ne veux point du tout me désarmer et me délier. Tel est le premier moment. Ensuite viendra la raison, car les hommes sont des philosophes étonnants ; et ce qui les étonne le plus, c'est que la raison ne puisse rien contre les passions. « La raison me le dit chaque jour… » Cette remarque est de tous ; et il manquerait quelque chose au tragique, si le héros monologuant n'épuisait tout ce qui se plaide. Et cette situation, mise au net par les sceptiques, est ce qui donne force à l'idée d'une fatalité invincible ; car le sceptique n'a rien inventé. La plus ancienne idée de Dieu, comme la plus raffinée, vient toujours de ce que les hommes se sentent jugés et condamnés. Ils ont cru, pendant la longue enfance de l'humanité, que leurs passions venaient des dieux, comme aussi leurs rêves. Et toutes les fois qu'ils se sont trouvés soulagés et comme délivrés, ils ont vu là un miracle de grâce. Un homme bien irrité se met à genoux pour demander la douceur, et naturellement il l'obtient, s'il se met bien à genoux ; entendez s'il prend l'attitude qui exclut la colère. Il dit alors qu'il a senti une puissance bienfaisante qui l'a délivré du mal. Et voyez comme la théologie se développe naturellement. S'il n'obtient rien, quelque conseiller lui montrera aisément que c'est parce qu'il n'a pas bien demandé, parce qu'il n'a pas su se mettre à genoux, enfin parce qu'il aimait trop sa colère ; ce qui prouve bien, dira le théologien, que les dieux sont justes et qu'ils lisent dans les cœurs. Et le prêtre n'était pas moins naïf que le fidèle. Les hommes ont subi longtemps les passions avant de soupçonner que les mouvements du corps humain en étaient la cause, et qu'ainsi une gymnastique convenable en était le remède. Et comme ils ont remarqué les puissants effets de l'attitude, du rite, disons de la politesse, ces soudains changements d'humeur, que l'on appelle conversions, furent longtemps des miracles. Et la superstition consiste toujours, sans doute, à expliquer des effets véritables par des causes surnaturelles. Et encore maintenant, dans le feu des passions, même les plus instruits ne croient pas aisément ce qu'ils savent le mieux.

24 décembre 1913

XIX

L'art de bâiller

Un chien qui bâille au coin du feu, cela avertit les chasseurs de renvoyer les soucis au lendemain. Cette force de vie qui s'étire sans façon et contre toute cérémonie est belle à voir et irrésistible en son exemple ; il faut que toute la compagnie s'étire et bâille, ce qui est le prélude d'aller dormir ; non que bâiller soit le signe de la fatigue ; mais plutôt c'est le congé donné à l'esprit d'attention et de dispute, par cette profonde aération du sac viscéral. La nature annonce par cette énergique réforme qu'elle se contente de vivre et qu'elle est lasse de penser.

Tout le monde peut remarquer qu'attention et surprise coupent, comme on dit, respiration. La physiologie enlève là-dessus toute espèce de doute, en faisant voir comment les puissants muscles de la défense s'accrochent au thorax, et ne peuvent que le resserrer et paralyser dès qu'ils se mobilisent. Et il est remarquable que le mouvement des bras en l'air, signe de capitulation, est aussi le plus utile à délivrer le thorax ; mais c'est aussi la position de choix pour bâiller énergiquement. Comprenons d'après cela comment n'importe quel souci nous serre littéralement le cœur, l'esquisse de l'action appuyant aussitôt sur le thorax, et commençant l'anxiété, sœur de l'attente ; car nous sommes anxieux seulement d'attendre, et aussi bien quand la chose est de peu. De cet état pénible suit aussitôt l'impatience, colère contre soi qui ne délivre rien. La cérémonie est faite de toutes ces contraintes, que le costume aggrave encore, et la contagion, car l'ennui se gagne. Mais aussi le bâillement est le remède contagieux de la contagieuse cérémonie. On se demande comment il se fait que bâiller se communique comme une maladie ; je crois que c'est plutôt la gravité, l'attention et l'air du souci qui se communiquent comme une maladie ; et le bâillement, au contraire, qui est une revanche de la vie et comme une reprise de santé, se communique par l'abandon du sérieux et comme une emphatique déclaration d'insouciance ; c'est un signal qu'ils attendent tous, comme le signal de rompre les rangs. Ce bien-être ne peut être refusé ; tout le sérieux penchait par là.

Le rire et les sanglots sont des solutions du même genre, mais plus retenues, plus contrariées ; il s'y montre une lutte entre deux pensées, dont l'une enchaîne et l'autre délivre. Au lieu que, par le bâillement, toutes les pensées sont mises en fuite, liantes ou délivrantes ; l'aisance de vivre les efface toutes. Ainsi c'est toujours le chien qui bâille. Chacun a pu observer que le bâillement est toujours un signe favorable, dans ce genre de maladies que l'on nomme nerveuses, et où c'est la pensée qui fait maladie. Mais je crois que le bâillement est salutaire dans toutes, comme le sommeil qu'il annonce ; et c'est un signe que nos pensées sont toujours pour beaucoup dans les maladies ; chose qui étonnerait moins si l'on songeait au mal que l'on peut se faire en se mordant la langue ; et le sens figuré de cette expression fait bien voir comment le regret, bien nommé remords, peut aller à la lésion. Le bâillement, au contraire, est sans aucun risque.

24 avril 1923

XX

Humeur

Selon le système de l'exaspération, rien n'est meilleur que de se gratter. C'est choisir son mal ; c'est se venger de soi sur soi. L'enfant essaie cette méthode d'abord. Il crie de crier ; il s'irrite d'être en colère et se console en jurant de ne pas se consoler, ce qui est bouder. Faire peine à ceux qu'on aime et redoubler pour se punir. Les punir pour se punir. Par honte d'être ignorant, faire serment de ne plus rien lire. S'obstiner à être obstiné. Tousser avec indignation. Chercher l'injure dans le souvenir ; aiguiser soi-même la pointe ; se redire à soi-même, avec l'art du tragédien, ce qui blesse et ce qui humilie. Interpréter d'après la règle que le pire est le vrai. Supposer des méchants afin de se condamner à être méchant. Essayer sans foi et dire après l'échec : « Je l'aurais parié ; c'est bien ma chance. » Montrer partout le visage de l'ennui et s'ennuyer des autres. S'appliquer à déplaire et s'étonner de ne pas plaire. Chercher le sommeil avec fureur. Douter de toute joie ; faire à tout triste figure et objection à tout. De l'humeur faire humeur. En cet état, se juger soi-même. Se dire : « Je suis timide ; je suis maladroit ; je perds la mémoire ; je vieillis. » Se faire bien laid et se regarder dans la glace. Tels sont les pièges de l'humeur.

C'est pourquoi je ne méprise pas les gens qui disent :

« Voilà un froid sec ; rien n'est meilleur pour la santé. » Car que peuvent-ils de mieux ? Se frotter les mains est deux fois bon quand le vent souffle du nord-est. Ici, l'instinct vaut sagesse et la réaction du corps nous suggère la joie. Il n'y a qu'une manière de résister au froid, c'est d'en être content. Et, comme dirait Spinoza, maître de joie : « Ce n'est point parce que je me réchauffe que je suis content, mais c'est parce que je suis content que je me réchauffe. » Pareillement, donc, il faut toujours se dire : « Ce n'est point parce que j'ai réussi que je suis content ; mais c'est parce que j'étais content que j'ai réussi. » Et si vous allez quêter la joie, faites d'abord provision de joie. Remerciez avant d'avoir reçu. Car l'espérance fait naître les raisons d'espérer, et le bon présage fait arriver la chose. Que tout soit donc bon présage et signe favorable : « C'est du bonheur, si tu veux, que le corbeau t'annonce », dit Épictète. Et il ne veut pas dire seulement par là qu'il faut faire joie de tout ; mais surtout que la bonne espérance fait réelle joie de tout, parce qu'elle change l'événement. Si vous rencontrez l'ennuyeux, qui est aussi l'ennuyé, il faut sourire d'abord. Et faites confiance au sommeil si vous voulez qu'il vienne. Bref, aucun homme ne peut trouver en ce monde de plus redoutable ennemi que lui-même. Je décrivais plus haut l'existence d'une espèce de fou. Mais les fous ne sont que nos erreurs grossies. Dans le moindre mouvement d'humeur il y a la manie de la persécution en raccourci. Et certes je ne nie point que ce genre de folie tienne à quelque lésion imperceptible de l'appareil nerveux qui commande nos réactions ; toute irritation finit par creuser son propre chemin. Seulement je considère en eux ce qui peut nous instruire, et c'est cette redoutable méprise qu'ils nous montrent grossie, et comme sous la loupe. Ces pauvres gens font la demande et la réponse ; ils jouent tout le drame à eux seuls. Incantation magique, toujours suivie d'effet. Mais comprenez pourquoi.

21 décembre 1921

XXI

Des caractères

Chacun a de l'humeur selon le vent et selon l'estomac. L'un donne un coup de pied dans la porte, l'autre frappe l'air par des paroles qui n'ont pas plus de sens que les coups de pied. La grandeur d'âme laisse tomber ces incidents dans l'oubli ; qu'elle les subisse des autres ou de soi, elle les pardonne parfaitement parce qu'elle n'y pense jamais.

Mais ce qui est commun, c'est de consacrer l'humeur et en quelque sorte d'en jurer ; c'est ainsi que l'on se fait un caractère ; et de ce qu'on a pris de l'humeur un jour contre quelqu'un, on vient à l'aimer moins. Pardonner à soi en ce sens-là, c'est plus rare qu'il ne faudrait ; et c'est souvent la première condition si l'on veut pardonner aux autres. Au contraire un genre de remords sans mesure est souvent ce qui grossit la faute de l'autre. Ainsi, chacun promène son humeur pensée, disant : « Je suis ainsi. » C'est toujours dire plus qu'on ne sait.

Il arrive que l'on supporte mal les parfums ; cette humeur contre les bouquets et l'eau de Cologne n'est point constante. Mais chercher et flairer le moindre parfum et jurer qu'on en fera migraine, c'est ce qui se voit. On jure de tout, comme de tousser pour la fumée. Chacun a connu de ces tyrans domestiques. Celui qui souffre d'insomnie jure de ne point dormir. Et s'il décrète que le moindre bruit le réveille, le voilà à guetter tous les bruits et à accuser toute la maison. Cela va jusqu'à s'irriter d'avoir dormi, comme d'avoir manqué de vigilance à l'égard de son propre caractère. On fait infatuation de tout, et même de perdre aux cartes, comme j'ai vu.

Il y a des gens qui se mettent à croire qu'ils n'ont plus de mémoire, ou bien qu'ils ne trouvent plus leurs mots. Ici la preuve ne se fait pas attendre, et cette comédie de bonne foi tourne quelquefois en tragédie. On ne peut nier les réelles maladies et les effets de l'âge ; mais les médecins ont depuis longtemps remarqué ce redoutable esprit de système qui fait que le malade cherche les symptômes, et trop aisément les trouve. Cette amplification fait presque le tout des passions et une bonne part des maladies, surtout mentales. Charcot en vint à ne plus croire du tout ce que ses malades disaient d'elles-mêmes ; et l'on peut affirmer que certaines maladies ont disparu ou presque par l'incrédulité des médecins.

L'ingénieux système de Freud, un moment célèbre, perd déjà de son crédit par ceci, qu'il est trop facile de faire croire tout ce que l'on veut à un esprit inquiet et qui, comme dit Stendhal, a déjà son imagination pour ennemie. Sans compter que les choses du sexe, qui sont le dessous de ce système, sont justement de celles qui comptent par l'importance qu'on leur donne et par une sorte de sauvage poésie, comme chacun sait trop. Et les pensées du médecin ne sont jamais bonnes au malade ; tout le monde le sait. Ce que l'on sait moins, c'est que le malade a promptement deviné cette pensée étrangère et l'a faite sienne, ce qui vérifie aussitôt les hypothèses les plus brillantes. C'est ainsi que l'on a décrit d'étonnantes maladies de la mémoire, où les souvenirs d'une certaine espèce se perdaient ensemble systématiquement. On avait oublié que l'esprit de système est aussi dans le malade.

4 décembre 1923

XXII

La fatalité

Nous ne savons rien commencer, je dis même pour allonger le bras ; nul ne commence par donner ordre aux nerfs ni aux muscles ; mais le mouvement commence de lui-même ; notre affaire est de le suivre et de l'achever pour le mieux. Ainsi, ne décidant jamais, nous dirigeons toujours ; comme un cocher, qui ramène le cheval emporté ; mais il ne peut ramener que le cheval qui s'emporte ; et voilà ce qu'on appelle partir ; le cheval se réveille et s'enfuit ; le cocher oriente ce sursaut. De même un navire, s'il n'a point d'impulsion, il n'obéit point au gouvernail. Bref il faut partir n'importe comment ; il est temps alors de se demander où l'on ira.

Qui est-ce qui a choisi ? Je le demande. Personne n'a choisi, puisque nous sommes tous d'abord des enfants. Personne n'a choisi, mais tous ont fait d'abord ; ainsi les vocations résultent de la nature et des circonstances. C'est pourquoi ceux qui délibèrent ne décident jamais ; et il n'est rien de plus ridicule que les analyses de l'école, où l'on pèse les motifs et mobiles ; c'est ainsi qu'une légende abstraite, et qui sent le grammairien, nous représente Hercule choisissant entre le vice et la vertu. Nul ne choisit ; tous sont en marche et tous les chemins sont bons. L'art de vivre consiste d'abord, il me semble, à ne se point quereller soi-même sur le parti qu'on a pris ni sur le métier qu'on fait. Non pas, mais le faire bien. Nous voudrions voir une fatalité dans ces choix que nous trouvons faits et que nous n'avons pas faits ; mais ces choix ne nous engagent point, car il n'y a point de mauvais lot ; tout lot est bon si l'on veut le rendre bon. Il n'y a rien qui marque mieux la faiblesse que de discuter sur sa propre nature ; nul n'a le choix ; mais une nature est assez riche pour contenter le plus ambitieux. Faire de nécessité vertu est le beau et grand travail.

« Las, que n'ai-je estudié ? » C'est l'excuse du paresseux. Étudie donc. Je ne crois pas qu'avoir étudié soit une si grande chose, si l'on n'étudie plus. Compter sur le passé est justement aussi fou que se plaindre du passé. De ce qui est fait, rien n'est si beau qu'on puisse s'y reposer, rien n'est si laid qu'on ne le puisse sauver. J'inclinerais même à croire que les belles chances sont plus difficiles à suivre que les mauvaises. Si les fées ont orné votre berceau, méfiez-vous. Ce que je vois de beau dans un Michel-Ange c'est ce vouloir fougueux qui reprend en main les dons naturels, et fait d'une vie facile une vie difficile. Cet homme sans complaisance avait les cheveux tout blancs quand il allait, disait-il, à l'école, afin d'essayer d'apprendre quelque chose. Cela montre aux irrésolus qu'il est toujours temps de vouloir. Et le marin ne rirait-il pas de vous si vous lui disiez que toute la traversée dépend du premier coup de barre ? C'est pourtant ce que l'on voudrait faire croire aux enfants ; mais heureusement ils n'écoutent guère ; encore trop pourtant, s'ils viennent à former l'idée métaphysique d'après laquelle ils jouent toute leur existence sur *b a ba*. Cette funeste idée ne les change guère dans l'enfance et leur nuit plus tard, car c'est l'excuse des faibles qui fait les faibles. La fatalité est la tête de Méduse.

12 décembre 1922

XXIII

L'âme prophétique

Un philosophe assez obscur a voulu nommer âme prophétique un certain état de passivité attentive, si l'on peut dire, où nos pensées cèdent à toutes les forces du monde comme des feuilles de peuplier. C'est l'âme aux écoutes. Étalée, offerte aux coups en quelque sorte. État d'effarement. Je comprends la Sibylle, son trépied, ses convulsions. Attention à tout, c'est-à-dire peur de tout. Je plains ceux qui ne savent pas annuler tout ce bruit et ce mouvement du grand univers.

Quelquefois l'artiste voudrait retomber à cet état de donner audience à tout, à toute couleur, à tout son, à toute chaleur, à tout froid ; il s'étonne alors que le paysan ou le marin, si profondément plongés dans les choses naturelles et si dépendants par état, ne remarquent point toutes ces nuances. Il y a un beau mouvement d'épaules qui se décharge de ces choses ; c'est le geste royal. Le saint Christophe a traversé l'eau sans compter les vagues. « On ne dort point, dit-il, quand on a tant d'esprit » ; on n'agirait point non plus.

Il faut déblayer, simplifier, supprimer. Le propre de l'homme, il me semble, c'est d'avoir rejeté au sommeil toutes les espèces de demi-sommeil. Un signe de la belle santé, c'est de ne pouvoir tenir dans la rêverie, et de passer tout de suite au sommeil. Et se réveiller, c'est rejeter le sommeil ; au lieu que l'âme prophétique s'éveille à demi et refait ses songes.

On peut vivre ainsi ; rien n'empêche. Nous sommes admirablement faits pour pressentir ; si l'on tient compte de cette fabrique du corps vivant, on comprend que les plus petits signes entrent en nous et s'y gravent. Un certain son du vent annonce de loin la tempête ; et certes il est bon d'être attentif aux signes ; mais il ne faut pourtant pas sursauter aux moindres changements. J'ai vu un baromètre enregistreur de très grande taille, et tellement sensible qu'un chariot au voisinage, ou seulement le pas d'un homme, faisait bondir l'aiguille. Ainsi serions-nous, si nous nous laissions faire ; et à mesure que le soleil tourne, notre humeur changerait ; mais le roi de la planète ne donne pas audience à toutes ces choses.

Un homme timide, dans une société, veut tout entendre, tout recueillir, tout interpréter. Et pour lui la conversation est aussi sotte et incohérente que si tous disaient tout ce qui leur vient. Mais le sage taille les signes et les discours, comme un bon jardinier. Encore mieux dans le monde ; car toutes choses nous toucheraient et nous arrêteraient ; l'horizon serait sur nos yeux comme un mur ; mais nous renvoyons les choses à leur place ; toute pensée est un massacre d'impressions.

Défrichement. J'ai connu une femme sensible qui souffrait de voir couper un tronc ou une branche. Mais, sans le bûcheron, on verrait revenir bientôt la broussaille, les serpents, le marécage, les fièvres, la faim. De même, il faut que chacun défriche son humeur. Nier sa propre humeur, c'est l'incrédulité même. Ce monde est ouvert par la serpe et la hache ; ce sont des avenues aux dépens des songes ; c'est comme un défi aux présages. Au lieu que, dès que l'on est indulgent à soi et adorateur d'impressions, le monde se ferme sur nous; il s'annonce par sa présence. Cassandre annonce des maux. Méfiez-vous des Cassandres, âmes couchées. L'homme véritable se secoue et fait l'avenir.

25 août 1913

XXIV

Notre avenir

Tant que l'on n'a pas bien compris la liaison de toutes choses et l'enchaînement des causes et des effets, on est accablé par l'avenir. Un rêve ou la parole d'un sorcier tuent nos espérances; le présage est dans toutes les avenues. Idée théologique. Chacun connaît la fable de ce poète à qui il avait été prédit qu'il mourrait de la chute d'une maison; il se mit à la belle étoile; mais les dieux n'en voulurent point démordre, et un aigle laissa tomber une tortue sur sa tête chauve, la prenant pour une pierre. On conte aussi l'histoire d'un fils de roi qui, selon l'oracle, devait périr par un lion; on le garda au logis avec les femmes; mais il se fâcha contre une tapisserie qui représentait un lion, s'écorcha le poing sur un mauvais clou, et mourut de gangrène.

L'idée qui sort de ces contes, c'est la prédestination que des théologiens mirent plus tard en doctrine; et cela s'exprime ainsi: la destinée de chacun est fixée quoi qu'il fasse. Ce qui n'est point scientifique du tout; car ce fatalisme revient à dire: «Quelles que soient les causes, le même effet en résultera.» Or, nous savons que si la cause est autre, l'effet sera autre. Et nous détruisons ce fantôme d'un avenir inévitable par le raisonnement suivant; supposons que je connaisse que je serai écrasé par tel mur tel jour à telle heure; cette connaissance fera justement manquer la prédiction. C'est ainsi que nous vivons; à chaque instant nous échappons à un malheur parce que nous le prévoyons; ainsi ce que nous prévoyons, et très raisonnablement, n'arrive pas. Cette automobile m'écrasera si je reste au milieu de la route; mais je n'y reste pas.

D'où vient alors cette croyance à la destinée ? De deux sources principalement. D'abord la peur nous jette souvent dans le malheur que nous attendons. Si l'on m'a prédit que je serai écrasé par une automobile, et si l'idée m'en vient au mauvais moment, c'est assez pour que je n'agisse pas comme il faudrait ; car l'idée qui m'est utile à ce moment-là, c'est l'idée que je vais me sauver, d'où l'action suit immédiatement ; au contraire, l'idée que j'y vais rester me paralyse par le même mécanisme. C'est une espèce de vertige qui a fait la fortune des sorciers.

Il faut dire aussi que nos passions et nos vices ont bien cette puissance d'aller au même but par tous chemins. On peut prédire à un joueur qu'il jouera, à un avare qu'il entassera, à un ambitieux qu'il briguera. Même sans sorcier nous nous jetons une espèce de sort à nous-mêmes, disant : « Je suis ainsi ; je n'y peux rien. » C'est encore un vertige, et qui fait aussi réussir les prédictions. Si l'on connaissait bien le changement continuel autour de nous, la variété et la floraison continuelle des petites causes, ce serait assez pour ne pas se faire un destin. Lisez Gil Blas ; c'est un livre sans gravité, où l'on apprend qu'il ne faut compter ni sur la bonne fortune ni sur la mauvaise, mais jeter du lest et se laisser porter au vent. Nos fautes périssent avant nous ; ne les gardons point en momies.

28 août 1911

XXV

Prédictions

Je connais quelqu'un qui a montré les lignes de sa main à un mage, afin de connaître sa destinée ; il l'a fait par jeu, à ce qu'il m'a dit, et sans y croire. Je l'en aurais pourtant détourné, s'il m'avait demandé conseil, car c'est là un jeu dangereux. Il est bien aisé de ne pas croire, alors que rien n'est encore dit. À ce moment-là, il n'y a rien à croire, et aucun homme peut-être ne croit. L'incrédulité est facile pour commencer, mais devient aussitôt difficile ; et les mages le savent bien. « Si vous ne croyez pas, disent-ils, que craignez-vous ? » Ainsi est fait leur piège. Pour moi, je crains de croire ; car sais-je ce qu'il me dira ?

Je suppose que le mage croyait en lui-même ; car si le mage veut seulement rire, il annoncera des événements ordinaires et prévisibles, en formules ambiguës : « Vous aurez des ennuis et quelques petits échecs, mais vous réussirez à la fin ; vous avez des ennemis, mais ils vous rendront justice quelque jour, et en attendant, la constance de vos amis vous consolera. Vous allez bientôt recevoir une lettre, se rapportant à des soucis que vous avez présentement, etc. » On peut continuer longtemps ainsi, et cela ne fait de mal à personne.

Mais si le mage est, à ses propres yeux, un vrai mage, alors il est bien capable de vous annoncer de terribles malheurs ; et vous, l'esprit fort, vous rirez. Il n'en est pas moins vrai que ses paroles resteront dans votre mémoire, qu'elles reviendront à l'improviste dans vos rêveries et dans vos rêves, en vous troublant tout juste un peu, jusqu'au jour où les événements auront l'air de vouloir s'y ajuster.

J'ai connu une jeune fille à qui un mage dit un jour, après avoir analysé les lignes de sa main : « Vous vous marierez ; vous aurez un enfant ; vous le perdrez. » Une telle prédiction est un léger bagage à porter pendant que l'on parcourt les premières étapes. Mais le temps a passé ; la jeune fille s'est mariée ; elle a eu récemment un enfant ; la prédiction est déjà plus lourde à porter. Si le petit vient à être malade, les paroles funestes sonneront comme des cloches aux oreilles de la mère. Peut-être s'est-elle moquée autrefois du mage. Le mage sera bien vengé.

Il arrive toutes sortes d'événements dans ce monde ; de là des rencontres qui ébranleront le plus ferme jugement. Vous riez d'une prédiction sinistre et invraisemblable ; vous rirez moins si cette prédiction s'accomplit en partie ; le plus courageux des hommes attendra alors la suite ; et nos craintes, comme on sait, ne nous font pas moins souffrir que les catastrophes elles-mêmes. Il peut arriver aussi que deux prophètes, sans se connaître, vous annoncent la même chose. Si cet accord ne vous trouble pas plus que votre intelligence ne le permettra, je vous admire.

Pour mon compte, j'aime bien mieux ne pas penser à l'avenir, et ne prévoir que devant mes pieds. Non seulement je n'irai pas montrer au mage le dedans de ma main, mais, bien plus, je n'essaierai pas de lire l'avenir dans la nature des choses ; car je ne crois pas que notre regard porte bien loin, si savants que nous puissions être. J'ai remarqué que tout ce qui arrive d'important à n'importe qui était imprévu et imprévisible. Lorsqu'on s'est guéri de la curiosité, il reste sans doute à se guérir aussi de la prudence.

14 avril 1908

XXVI

Hercule

L'homme n'a de ressource que dans sa propre volonté ; idée aussi ancienne que les religions, les prodiges et les malheurs ; en revanche idée qui, par sa nature, est vaincue en même temps que la volonté elle-même ; car la force d'âme se prouve par les effets. Hercule se donnait à lui-même ce genre de preuve jusqu'au jour où il se crut esclave ; il préféra alors une mort éclatante à une misérable vie. Ce mythe est le plus beau ; je voudrais que l'on fît réciter aux enfants les œuvres d'Hercule, afin qu'ils apprissent à surmonter les forces extérieures ; car cela même c'est vivre, et l'autre parti, le lâche parti, n'est que le parti de mourir longtemps.

J'aime un garçon qui réfléchit en surmontant, et qui, au tournant mal pris, dit d'abord : « C'est ma faute », et cherche sa propre faute et se bourre cordialement les côtes. Mais que faire de l'automate à forme humaine qui cherche toujours excuse dans les choses et les gens autour ? Il n'y a point de joie par là ; car il est trop clair que les choses et gens autour n'ont point égard au malheureux ; aussi ses pensées suivent le vent, comme les feuilles en cette dure saison. J'admire ceci, que ceux qui cherchent excuse hors d'eux ne sont jamais contents, au lieu que ceux qui vont droit à leur propre faute et disent : « Je fus bien sot » se trouvent forts et joyeux de cette expérience qu'ils ont digérée.

Il y a deux expériences, l'une qui alourdit et l'autre qui allège. Comme il y a le chasseur gai et le chasseur triste. Le chasseur triste manque le lièvre et dit : « Voilà bien ma chance », et bientôt : « Ces choses-là n'arrivent qu'à moi. » Le chasseur gai admire la ruse du lièvre ; car il sait bien qu'il n'est pas dans la vocation du lièvre de courir à la casserole. Les proverbes sont pleins de cette virile sagesse et il y a bien de la profondeur dans ce que ma grand'mère disait des alouettes, qui ne tombent point toutes rôties. Comme on fait son lit on se couche. « Comme je voudrais aimer la musique », dit le sot ; mais il faut faire la musique ; elle n'est point.

Tout est contre nous ; mais disons mieux, tout est indifférent et sans égards ; la face de la terre est broussaille et pestilence sans l'œuvre d'homme ; non point ennemie, mais non point favorable. Il n'y a que l'œuvre d'homme qui soit pour l'homme. Mais c'est l'espoir qui fait la crainte ; c'est pourquoi c'est un très mauvais commencement si l'on réussit par hasard ; et qui bénit les dieux bientôt les maudira. Comme ces mariés qui aiment le maire de l'arrondissement et le suisse de l'église ; ils n'ont pas vu de quel air le bedeau éteint les cierges. J'ai remarqué un jour le sourire d'une marchande de parfumerie ; elle le ferma tout net comme elle fermait sa porte ; et c'est un beau spectacle aussi que de voir un marchand qui met ses volets. Dès que la chose étrangère, aussi bien un homme, nous découvre sa loi propre, selon laquelle il gravite, nous voilà à notre travail d'homme ; mais dès qu'un être nous promet bienveillance, nous voilà privés de connaissance, et sans autre ressource que d'espérer. Les êtres sont bien plus beaux et plus amis derrière leurs volets et en leur riche existence qu'en ces présages et reflets. J'ai remarqué que les hommes énergiques aiment les différences et variétés. La paix est entre les forces.

7 novembre 1922

XXVII

Vouloir

« Les feuilles poussent. Bientôt, la galéruque, qui est une petite chenille verte, s'installera sur les feuilles de l'ormeau et les dévorera. L'arbre sera comme privé de ses poumons. Vous le verrez, pour résister à l'asphyxie, pousser de nouvelles feuilles et vivre une seconde fois le printemps. Mais ces efforts l'épuiseront. Une année ou l'autre, vous verrez qu'il n'arrivera point à déplier ses nouvelles feuilles, et il mourra. »

Ainsi gémissait un ami des arbres, comme nous nous promenions dans son parc. Il me montrait des ormeaux centenaires et m'annonçait leur fin prochaine. Je lui dis : « Il faut lutter. Cette petite chenille est sans force. Si l'on en peut tuer une, on en peut tuer cent et mille. »

« Qu'est-ce qu'un millier de chenilles ? répondit-il. Il y en a des millions. J'aime mieux n'y pas penser. »

« Mais, lui dis-je, vous avez de l'argent. Avec de l'argent on achète des journées de travail. Dix ouvriers travaillant dix jours tueront plus d'un millier de chenilles. Ne sacrifieriez-vous pas quelques centaines de francs pour conserver ces beaux arbres ? »

« J'en ai trop, dit-il ; et j'ai trop peu d'ouvriers. Comment atteindront-ils les hautes branches ? il faudrait des émondeurs. Je n'en connais que deux dans le pays. »

« Deux, lui dis-je, c'est déjà quelque chose. Ils s'occuperont des hautes branches. D'autres moins habiles, se serviront d'échelles. Et si vous ne sauvez pas tous vos arbres, vous en sauverez du moins deux ou trois. »

« Le courage me manque, dit-il enfin. Je sais ce que je ferai. Je m'en irai pendant quelque temps, pour ne pas voir cette invasion de chenilles. »

« Ô puissance de l'imagination, lui répondis-je. Vous voilà en déroute avant d'avoir combattu. Ne regardez pas au-delà de vos mains. On n'agirait jamais, si l'on considérait le poids immense des choses et la faiblesse de l'homme. C'est pourquoi il faut agir et penser son action. Voyez ce maçon ; il tourne tranquillement sa manivelle ; c'est à peine si la grosse pierre remue. Pourtant la maison sera achevée, et des enfants gambaderont dans les escaliers. J'ai admiré une fois un ouvrier qui s'installait avec son vilebrequin, pour percer une muraille d'acier qui avait bien quinze centimètres d'épaisseur. Il tournait son outil en sifflant ; les fins copeaux d'acier tombaient comme une neige. L'audace de cet homme me saisit. Il y a dix ans de cela. Soyez sûr qu'il a percé ce trou-là et bien d'autres. Les chenilles elles-mêmes vous font la leçon. Qu'est-ce qu'une chenille auprès d'un ormeau ? Mais tous ces menus coups de dent dévoreront une forêt. Il faut avoir foi dans les petits efforts et lutter en insecte contre l'insecte. Mille causes travaillent pour vous, sans quoi il n'y aurait point d'ormeaux. La destinée est instable ; une chiquenaude crée un monde nouveau. Le plus petit effort entraîne des suites sans fin. Celui qui a planté ces ormes n'a pas délibéré sur la brièveté de la vie. Jetez-vous comme lui dans l'action sans regarder plus loin que vos pieds, et vous sauverez vos ormeaux. »

9 mai 1909

XXVIII

Chacun a ce qu'il veut

Chacun a ce qu'il veut. La jeunesse se trompe là-dessus parce qu'elle ne sait bien que désirer et attendre la manne. Or il ne tombe point de manne ; et toutes les choses désirées sont comme la montagne, qui attend, que l'on ne peut manquer. Mais aussi il faut grimper. Tous les ambitieux que j'ai vus partir d'un pied sûr, je les ai vus aussi arriver, et même plus vite que je n'aurais cru. Il est vrai qu'ils n'ont jamais différé une démarche utile, ni manqué de voir régulièrement ceux dont ils pensaient se servir, ni aussi de négliger ces inutiles qui ne sont qu'agréables. Enfin ils ont flatté quand il fallait. Je ne blâme point ; c'est affaire de goût. Seulement si vous vous mêlez de dire des vérités désagréables à l'homme qui peut vous ouvrir les chemins, ne dites point que vous vouliez passer ; vous rêviez que vous passiez, comme on rêve quelquefois qu'on est oiseau. C'est comme si vous rêviez d'être ministre sans l'ennui des audiences, et sans rien ménager. J'ai connu un bon nombre de ces paresseux qui disent : « On me viendra chercher ; je ne remuerai pas un doigt. » C'est qu'ils veulent dans le fond qu'on les laisse tranquilles, et on les laisse. Aussi ne sont-ils pas aussi malheureux qu'ils voudraient le croire. Les niais sont ceux qui font soudain dix démarches en deux jours, visant tout d'un coup une riche proie, comme le milan. Il n'y a rien à espérer de ces expéditions très mal préparées. J'ai vu des hommes de mérite attaquer ainsi des coffres-forts avec leurs ongles. D'où l'on dit quelquefois que la société est bien injuste ; en quoi l'on est bien injuste. La société ne donne rien à celui qui ne demande rien, j'entends avec constance et suite ; et cela n'est point mal, car les connaissances et aptitudes d'esprit ne sont pas le tout. Tels entendraient la politique, mais qui font voir pourtant, par ne rien rechercher, que la crasse du métier, tous les métiers en ont, ne leur plaît guère. Et qu'importe alors qu'ils aient science et jugement, s'ils n'aiment pas le métier ? Barrès recevait, apostillait, se souvenait. Je ne sais s'il était propre à la grande politique ; mais certainement il aimait le métier.

Je reviens à dire que tous ceux qui veulent s'enrichir y arrivent. Cela scandalise tous ceux qui ont rêvé d'avoir de l'argent, et qui n'en ont point. Ils ont regardé la montagne ; mais elle les attendait. L'argent, comme tout avantage, veut d'abord fidélité. Beaucoup imaginent qu'ils veulent gagner simplement parce qu'ils ont besoin de gagner. Mais l'argent s'écarte de ceux qui le recherchent seulement par le besoin. Ceux qui ont fait leur fortune ont pensé à gagner sur chaque chose. Mais celui qui cherche un joli commerce, où l'on se plairait, comme en amitié, où l'on suivrait son goût et sa fantaisie, où l'on serait facile et même généreux, ceux-là s'évaporent comme la pluie sur le pavé chaud. Il faut rigueur, il faut courage ; enfin faire ses preuves dans la difficulté, comme les anciens chevaliers. Le mercure ne s'unit pas plus vite à l'or que le bénéfice à celui qui fait ses comptes chaque jour et à chaque heure. Mais l'amant frivole est jugé. Qui veut dépenser ne gagnera point. Justice, car ce qu'il veut c'est dépenser et non gagner. J'ai connu un amateur d'agriculture, qui semait pour son plaisir, et par hygiène en quelque sorte. Il ne souhaitait que de ne point perdre ; mais cet équilibre ne se trouve jamais. Il se ruina très bien. Il y a une avarice des vieillards, et même mendiants, qui est manie ; mais l'avarice du marchand tient au métier même. Dès que l'on veut gagner, il faut vouloir les moyens, c'est-à-dire faire des sommes de petits profits. Ou bien c'est grimper sans regarder à chaque pas que l'on fait ; or toute pierre n'est pas bonne, et la pesanteur ne nous lâche jamais. Ruine est un beau mot ; car la perte est accrochée au marchand et le tire toujours. Qui ne sent pas cet autre genre de pesanteur perd sa peine.

21 septembre 1924

XXIX

De la destinée

« La Destinée, disait Voltaire, nous mène et se moque de nous. » Ce mot m'étonne de cet homme-là qui fut si bien lui-même. Le destin extérieur agit par des moyens violents ; il est clair que la pierre ou l'obus écrasera un Descartes aussi bien. Ces forces peuvent nous effacer tous de la terre en un moment. Mais l'événement, qui tue si aisément un homme, n'arrive pas à le changer. J'admire comme les individus vont à leur fin, et comme ils font occasion de tout ; comme un chien, de la poule qu'il mange, fait de la viande de chien et de la graisse de chien, ainsi l'individu digère l'événement. Cette constance à vouloir, qui est propre aux natures fortes, finit toujours par trouver passage, dans le changement de toutes choses, où il y a de tout. Le propre de l'homme fort est de marquer toutes choses de son sceau. Mais cette force est plus commune que l'on ne croit. Tout est vêtement pour l'homme, et les plis suivent la forme et le geste. Une table, un bureau, une chambre, une maison sont promptement rangés ou dérangés selon la main. Les affaires suivent, grandes ou petites ; et nous disons qu'elles sont heureuses ou malheureuses selon un jugement extérieur ; mais l'homme qui les conduit bien ou mal fait toujours son trou selon sa forme, comme le rat. Regardez bien ; il a fait ce qu'il a voulu.

« Ce que jeunesse désire, vieillesse l'a en abondance. » C'est Goethe qui cite ce proverbe au commencement de ses mémoires. Et Goethe est un brillant exemple de ces natures qui façonnent tout événement selon leur propre formule. Tout homme n'est pas Goethe, il est vrai ; mais tout homme est soi. L'empreinte n'est pas belle, soit ; mais il la laisse partout. Ce qu'il veut n'est pas quelque chose de bien relevé ; mais ce qu'il veut, il l'a. Cet homme, qui n'est point Goethe, aussi ne voulait point l'être. Spinoza, qui a saisi mieux que personne ces natures crocodiliennes, invincibles, dit que l'homme n'a pas besoin de la perfection du cheval. De même aucun homme n'a usage de la perfection de Goethe. Mais le marchand, partout où il est, et aussi bien sur des ruines, le marchand vend et achète, l'escompteur prête, le poète chante, le paresseux dort. Beaucoup de gens se plaignent de n'avoir pas ceci ou cela ; mais la cause en est toujours qu'ils ne l'ont point vraiment désiré. Ce colonel, qui va planter ses choux, aurait bien voulu être général ; mais, si je pouvais chercher dans sa vie, j'apercevrais quelque petite chose qu'il fallait faire, et qu'il n'a point faite, qu'il n'a point voulu faire. Je lui prouverai qu'il ne voulait pas être général.

Je vois des gens, qui, avec assez de moyens, ne sont arrivés qu'à une maigre et petite place. Mais que voulaient-ils ? Leur franc-parler ? Ils l'ont. Ne point flatter ? Ils n'ont point flatté et ne flattent point.

Pouvoir par le jugement, par le conseil, par le refus ? Ils peuvent. Il n'a point d'argent ? Mais n'a-t-il pas toujours méprisé l'argent ? L'argent va à ceux qui l'honorent. Trouvez-moi seulement un homme qui ait voulu s'enrichir et qui ne l'ait point pu. Je dis qui ait voulu. Espérer ce n'est pas vouloir. Le poète espère cent mille francs ; il ne sait de qui ni comment ; il ne fait pas le moindre petit mouvement vers ces cent mille francs ; aussi ne les a-t-il point. Mais il veut faire de beaux vers. Aussi les fait-il. Beaux selon sa nature, comme le crocodile fait ses écailles et l'oiseau ses plumes. On peut appeler aussi destinée cette puissance intérieure qui finit par trouver passage ; mais il n'y a de commun que le nom entre cette vie si bien armée et composée, et cette tuile de hasard qui tua Pyrrhus. Ce que m'exprimait un sage, disant que la prédestination de Calvin ne ressemblait pas mal à la liberté elle-même.

3 octobre 1923

XXX

Ne pas désespérer

Cette méthode de police qui consiste à guérir un ivrogne par le serment, porte la marque de l'action ; un théoricien ne s'y serait point fié ; car, à ses yeux, les habitudes et les vices sont solidement définis et établis. Raisonnant d'après les sciences des choses, il veut que tout homme porte en lui ses manières d'agir, comme des propriétés, à la façon du fer ou du soufre. Mais je crois plutôt que les vertus et les vices, fort souvent, ne tiennent pas plus à notre nature qu'il ne tient à la nature du fer d'être martelé ou laminé, ou à la nature du soufre d'être en poudre ou en canons.

Dans le cas de l'ivrogne j'en vois bien la raison ; c'est l'usage ici qui fait le besoin ; car boire ce qu'il boit donne soif et enlève la raison. Mais la première cause de boire est bien faible ; un serment peut l'annuler ; et à partir de ce petit effort de pensée, voilà notre homme aussi sobre que s'il n'avait bu que de l'eau depuis vingt ans. Le contraire se voit aussi ; je suis sobre ; mais je deviendrais aussitôt ivrogne et sans effort. J'ai aimé le jeu ; les circonstances ayant changé, je n'y ai plus pensé ; si je m'y mettais, je l'aimerais encore. Il y a de l'entêtement dans les passions et peut-être surtout une erreur démesurée ; nous nous croyons pris. Ceux qui n'aiment pas le fromage n'en veulent point goûter, parce qu'ils croient qu'ils ne l'aimeront point. Souvent un célibataire croit que le mariage lui serait insupportable. Un désespoir porte malheureusement avec lui une certitude, disons une forte affirmation, qui fait que l'on repousse l'adoucissement. Cette illusion, car je crois que c'en est une, est bien naturelle ; on juge mal de ce qu'on n'a point. Tant que je bois, je ne puis concevoir la sobriété ; je la repousse par mes actes. Dès que je ne bois plus, je repousse par cela seul l'ivrognerie. Il en est de même pour la tristesse, pour le jeu, pour tout.

Aux approches d'un déménagement vous dites adieu à ces murs que vous allez quitter ; votre mobilier n'est pas dans la rue que vous aimez déjà l'autre logement ; le vieux logement est oublié. Tout est bientôt oublié ; le présent a sa force et sa jeunesse, toujours ; et l'on s'y accommode d'un mouvement sûr. Chacun a éprouvé cela et personne ne le croit. L'habitude est une sorte d'idole, qui a pouvoir par notre obéissance ; et c'est la pensée ici qui nous trompe ; car ce qui nous est impossible à penser nous semble aussi impossible à faire. L'imagination mène le monde des hommes, par ceci qu'elle ne peut s'affranchir de coutume ; et il faudrait dire que l'imagination ne sait pas inventer ; mais c'est l'action qui invente.

Mon grand-père, vers ses soixante-dix ans, prit le dégoût des aliments solides, et vécut de lait pendant cinq ans au moins. On disait que c'était une manie ; on disait bien. Je le vis un jour à un déjeuner de famille attaquer soudainement une cuisse de poulet ; et il vécut encore six ou sept ans, mangeant comme vous et moi. Acte de courage certes ; mais que bravait-il ? L'opinion, ou plutôt l'opinion qu'il avait de l'opinion, et aussi l'opinion qu'il avait de soi. Heureuse nature, dira-t-on. Non pas. Tous sont ainsi, mais ils ne le savent pas ; et chacun suit son personnage.

24 août 1912

XXXI

Dans la grande prairie

Platon a des contes de nourrice, qui ressemblent, en somme, à tous les contes de nourrice, mais qui, par certains petits mots jetés comme en passant, retentissent au fond de nous-mêmes, et éclairent subitement des recoins mal connus. Tel est ce récit d'un certain Er, qui avait été pris pour mort après une bataille, puis revint des Enfers une fois que l'erreur fut reconnue, et raconta ce qu'il avait vu là-bas.

Voici quelle était l'épreuve la plus redoutable. Les âmes, ou ombres, ou comme on voudra, sont conduites dans une grande prairie, et on leur jette devant elles des sacs où sont des destinées à choisir. Ces âmes ont encore le souvenir de leur vie passée ; elles choisissent d'après leurs désirs et leurs regrets. Ceux qui ont désiré l'argent plus que toute chose choisissent une destinée remplie d'argent. Ceux qui en ont eu beaucoup en cherchent davantage encore. Les voluptueux cherchent des sacs pleins de plaisirs ; les ambitieux cherchent une destinée de roi. Pour finir, chacun trouve ce qu'il lui faut, et ils s'en vont, avec leur nouveau destin sur l'épaule, boire l'eau du fleuve Léthé, ce qui veut dire le fleuve Oubli, et partent de nouveau pour la terre des hommes, afin de vivre selon leur choix.

Voilà une singulière épreuve et une étrange punition, qui est pourtant plus redoutable qu'elle n'en a l'air. Car il se trouve peu d'hommes qui réfléchissent sur les véritables causes du bonheur et du malheur. Ceux-là remontent jusqu'à la source, c'est-à-dire jusqu'aux désirs tyranniques qui mettent la raison en échec. Ceux-là se défient des richesses, parce qu'elles rendent sensible aux flatteries et sourd aux malheureux ; ils se défient de la puissance, parce qu'elle rend injustes, plus ou moins, tous ceux qui en ont ; ils se défient des plaisirs, parce qu'ils obscurcissent et éteignent enfin la lumière de l'intelligence. Ces sages-là vont donc retourner prudemment plus d'un sac de belle apparence, toujours soucieux de ne point perdre leur équilibre et de ne point risquer, dans une brillante destinée, le peu de sens droit qu'ils ont conquis et conservé avec tant de peine. Ceux-là emporteront sur leur dos quelque destinée obscure dont personne ne voudrait.

Mais les autres, qui ont galopé toute leur vie après leur désir, se régalant de ce qui leur semblait bon, sans regarder plus loin que l'écuelle, ceux-là que voulez-vous qu'ils choisissent, sinon encore plus d'aveuglement, encore plus d'ignorance, encore plus de mensonge et d'injustice ? Et ainsi ils se punissent eux-mêmes, plus durement qu'aucun juge ne les punirait. Ce millionnaire est maintenant dans la grande prairie, peut-être. Et que va-t-il choisir ? Mais laissons les métaphores ; Platon est toujours bien plus près de nous que nous ne croyons. Je n'ai aucune expérience d'une vie nouvelle qui suivrait la mort ; c'est donc trop peu de dire que je n'y crois pas ; je n'en puis rien penser du tout. Je dirais plutôt que la vie future, où nous sommes punis selon notre propre choix, et même selon notre propre loi, c'est cet avenir même où nous glissons sans arrêt, et où chacun développe le paquet qu'il a choisi. Et il est très vrai aussi qu'au fleuve Oubli nous ne cessons de boire, accusant les dieux et le destin. Celui qui a choisi ambition n'a pas cru choisir basse flatterie, envie, injustice ; mais c'était dans le paquet.

5 juin 1909

XXXII

Passions de voisinage

« Comme on vit mal, dit l'un, avec ceux que l'on connaît trop. On gémit sur soi-même sans retenue, et l'on grossit par là de petites misères ; eux de même. On se plaint aisément de leurs actes, de leurs paroles, de leurs sentiments ; on laisse éclater les passions ; on se permet des colères pour de faibles motifs ; on est trop sûr de l'attention, de l'affection et du pardon ; on s'est trop bien fait connaître pour se montrer en beau. Cette franchise de tous les instants n'est pas véridique ; elle grossit tout ; de là une aigreur de ton et une vivacité de gestes qui étonnent dans les familles les plus unies. La politesse et les cérémonies sont plus utiles qu'on ne croit. »

« Comme on vit mal, dit l'autre, avec ceux qu'on ne connaît pas du tout. Il y a des mineurs sous la terre qui piochent pour un rentier. Il y a des confectionneuses en chambre qui s'épuisent pour les coquettes acheteuses d'un grand magasin. Il y a des malheureux en ce moment, qui ajustent et collent des jouets par centaines, et à vil prix, pour le plaisir des enfants riches. Ni les enfants riches, ni les élégantes, ni les rentiers ne pensent à tout cela ; or tous ont pitié d'un chien perdu ou d'un cheval fourbu ; ils sont polis et bons avec leurs domestiques, et ne supportent pas de leur voir les yeux rouges ou l'air boudeur. On paie très bien un pourboire, et sans hypocrisie, parce qu'on voit la joie du garçon de café, du commissionnaire, du cocher. Le même homme, qui paie largement un porteur de malles, affirme que les cheminots peuvent vivre sans se priver avec ce que la Compagnie leur donne. Chacun, à toute minute, tue le mandarin ; et la société est une merveilleuse machine qui permet aux bonnes gens d'être cruels sans le savoir. »

« Comme on vit bien, dit un troisième, avec ceux qu'on ne connaît pas trop. Chacun retient ses paroles et ses gestes, et par cela même ses colères. La bonne humeur est sur les visages et bientôt dans les cœurs. Ce que l'on regretterait d'avoir dit, on ne pense même pas à le dire. On se montre à son avantage devant un homme qui ne vous connaît guère ; et cet effort nous rend souvent plus justes pour les autres, et pour nous-mêmes. On n'attend rien d'un inconnu ; on est tout content du peu qu'il donne. J'ai observé que les étrangers sont aimables, parce qu'ils ne savent dire que des politesses, sans pointes ; de là vient que quelques-uns se plaisent en pays étrangers ; ils n'ont point occasion d'y être méchants, et ils y sont plus contents d'eux-mêmes. En dehors même des conversations, quelle amitié, quelle société facile sur ce trottoir ! un vieillard, un enfant, même un chien y circulent à l'aise ; au contraire, dans la rue, les cochers s'injurient ; chacun est pressé par des voyageurs qui ne se voient point ; le mécanisme n'est pas compliqué, mais il grince déjà. La paix sociale résultera de rapports directs, de mélanges d'intérêts, d'échanges directs, non par organisations, qui sont mécanismes, comme syndicats et corps constitués, mais au contraire par unités de voisinage, ni trop grandes ni trop petites. Le fédéralisme par régions est le vrai. »

27 décembre 1910

XXXIII

En famille

Il y a deux espèces d'hommes, ceux qui s'habituent au bruit et ceux qui essaient de faire taire les autres. J'en ai connu beaucoup qui, lorsqu'ils travaillent ou lorsqu'ils attendent le sommeil, entrent en fureur pour une voix qui murmure ou pour une chaise un peu vivement remuée ; j'en ai connu d'autres qui s'interdisent absolument de régler les actions d'autrui ; ils aimeraient mieux perdre une précieuse idée ou deux heures de sommeil que d'arrêter les conversations, les rires et les chants du voisin.

Ces deux espèces de gens fuient leurs contraires et cherchent leurs semblables par le monde. C'est pourquoi on rencontre des familles qui diffèrent beaucoup les unes des autres par les règles et les maximes de la vie en commun.

Il y a des familles où il est tacitement convenu que ce qui déplaît à l'un est interdit à tous les autres. L'un est gêné par le parfum des fleurs, l'autre par les éclats de voix ; l'un exige le silence du soir et l'autre le silence du matin. Celui-ci ne veut pas qu'on touche à la religion ; celui-là grince des dents dès que l'on parle politique. Tous se reconnaissent les uns aux autres un droit de « veto » ; tous exercent ce droit avec majesté. L'un dit : « J'aurai la migraine toute la journée, à cause de ces fleurs », et l'autre : « Je n'ai pas fermé l'œil cette nuit à cause de cette porte qui a été poussée un peu trop vivement vers onze heures. » C'est à l'heure du repas, comme à une sorte de Parlement, que chacun fait ses doléances. Tous connaissent bientôt cette charte compliquée, et l'éducation n'a pas d'autre objet que de l'apprendre aux enfants. Finalement, tous sont immobiles, et se regardent, et disent des pauvretés. Cela fait une paix morne et un bonheur ennuyé. Seulement comme, tout compte fait, chacun est plus gêné par tous les autres qu'il ne les gêne, tous se croient généreux et répètent avec conviction : « Il ne faut pas vivre pour soi ; il faut penser aux autres. »

Il y a aussi d'autres familles où la fantaisie de chacun est chose sacrée, chose aimée, et où nul ne songe jamais que sa joie puisse être importune aux autres. Mais ne parlons point de ceux-là ; ce sont des égoïstes.

12 juillet 1907

XXXIV

Sollicitude

Tout le monde connaît la fameuse scène où tous, à force de dire à Basile « vous êtes pâle à faire peur », finissent par lui faire croire qu'il est malade. Cette scène me revient à l'esprit toutes les fois que je me trouve au milieu d'une famille étroitement unie, où chacun surveille la santé des autres. Malheur à celui qui est un peu pâle ou un peu rouge ; toute la famille l'interroge avec un commencement d'anxiété : « Tu as bien dormi ? » « Qu'as-tu mangé hier ? »

« Tu travailles trop » et autres propos réconfortants. Viennent ensuite des récits de maladies « qui n'ont pas été prises assez tôt ».

Je plains l'homme sensible et un peu poltron qui est aimé, choyé, couvé, soigné de cette manière-là. Les petites misères de chaque jour, coliques, toux, éternuements, bâillements, névralgies, seront bientôt pour lui d'effroyables symptômes, dont il suivra le progrès, avec l'aide de sa famille, et sous l'œil indifférent du médecin, qui ne va pas, vous pensez bien, s'obstiner à rassurer tous ces gens-là au risque de passer pour un âne.

Dès que l'on a un souci on perd le sommeil. Voilà donc notre malade imaginaire qui passe des nuits à écouter sa respiration, et ses journées à raconter ses nuits. Bientôt son mal est classé et connu de tous ; les conversations mourantes en reçoivent une vie nouvelle ; la santé de ce malheureux a une cote, comme les valeurs en bourse ; tantôt il est en hausse, tantôt il est en baisse, et il le sait ou le devine. Voilà un neurasthénique de plus.

Le remède ? Fuir sa famille. Aller vivre au milieu d'indifférents, qui vous demanderont d'un air distrait :

« Comment vous portez-vous ? », mais s'enfuiront si vous répondez sérieusement ; de gens qui n'écouteront pas vos plaintes et ne poseront pas sur vous ce regard chargé de tendre sollicitude qui vous étranglait l'estomac. Dans ces conditions, si vous ne tombez pas tout de suite dans le désespoir, vous guérirez. Morale : ne dites jamais à quelqu'un qu'il a mauvaise mine.

30 mai 1907

XXXV

La paix du ménage

Je reviens à ce terrible Poil de Carotte de Jules Renard. Ce livre est sans indulgence et il est bon de dire là-dessus que le mauvais côté des choses n'est pas difficile à apercevoir ; communément ce sont les passions qui se montrent et c'est l'amitié qui se cache. Et c'est d'autant plus inévitable que l'intimité est plus grande. Un homme qui ne comprend pas cela est nécessairement malheureux.

Dans la famille, et surtout si les cœurs sont tout à fait dévoués, personne ne se gêne, personne ne prend un masque. Ainsi une mère, aux yeux de son enfant, ne pensera jamais à lui prouver qu'elle est une bonne mère ; ou alors c'est que l'enfant est méchant jusqu'à la férocité. Un bon enfant doit donc s'attendre à être traité quelquefois sans façon ; c'est là proprement sa récompense. La politesse est pour les indifférents, et l'humeur, bonne ou mauvaise, est pour ceux que l'on aime bien.

Un des effets de l'amour partagé, c'est que la mauvaise humeur y est échangée naïvement. Le sage y verra des preuves de confiance et d'abandon. Les romanciers ont souvent noté que la première marque de l'infidélité de la femme, c'est un retour de politesse et d'attention à l'égard de son mari ; mais on a tort d'y voir un calcul. C'est que l'abandon n'y est plus. « Et s'il me plaît à moi d'être battue » ; ce mot de théâtre grossit jusqu'au ridicule une vérité du cœur. Battre, injurier, incriminer, c'est toujours premier mouvement. Par cet excès de confiance, la famille peut périr, j'entends par là devenir un milieu détestable où les voix prennent d'elles-mêmes l'accent de la plus vive colère. Et cela se comprend bien ; dans cette intimité de tous les jours, la colère de l'un nourrit la colère de l'autre, et les moindres passions s'y multiplient. Il est donc trop facile de décrire toutes ces humeurs âcres ; et si seulement on les expliquait, le remède se trouverait à côté du mal.

Tout naïvement chacun dit d'un être grognon ou hargneux qu'il connaît bien : « C'est son caractère. » Mais je ne crois pas trop aux caractères. Car, selon l'expérience, ce qui est régulièrement comprimé perd de son importance au point d'être négligeable. En présence du roi la mauvaise humeur d'un courtisan n'est pas dissimulée, elle est abolie par le vif désir de plaire ; un mouvement exclut l'autre ; si vous tendez amicalement la main, cela exclut le coup de poing. Il en est ainsi des sentiments qui tirent toute leur vivacité des gestes commencés et retenus. Une femme qui a du monde et qui interrompt sa colère pour recevoir une visite imprévue, cela ne me fait point dire : « Quelle hypocrisie ! » mais :

« Quel remède parfait contre la colère ! »

L'ordre familial c'est comme l'ordre du droit ; il ne se fait point tout seul ; il se fait et se conserve par volonté. Celui qui a bien compris tout le danger du premier mouvement règle alors ses gestes et conserve ainsi les sentiments auxquels il tient. C'est pourquoi le mariage doit être indissoluble au regard de la volonté. Par là on s'engage soi-même à le conserver bon, en calmant les tempêtes. Voilà l'utilité des serments.

14 octobre 1913

XXXVI

De la vie privée

C'est La Bruyère, je crois, qui a dit qu'il y a de bons mariages, mais qu'il n'y en a point d'excellents. Il faudra que notre humanité se tire de ces marécages des faux moralistes, d'après lesquels on goûterait et on prononcerait sur le bonheur, comme d'un fruit. Mais je dis que, même pour un fruit, on peut l'aider à être bon. Encore bien mieux pour le mariage et pour toute liaison humaine ; ces choses ne sont pas pour être goûtées ou subies, mais il faut les faire. Une société n'est pas comme un ombrage où l'on est bien ou mal, selon le temps et les courants d'air. C'est, au contraire, le lieu des miracles, où le sorcier fait la pluie et le beau temps.

Chacun fait beaucoup pour son commerce ou pour sa carrière. Mais, communément, on ne fait rien pour être heureux chez soi. J'ai déjà bien écrit sur la politesse, certainement sans la louer comme il fallait. Et je ne dis point du tout que la politesse est un mensonge, bonne pour l'étranger ; je dis que plus les sentiments sont sincères et précieux, plus ils ont besoin de politesse. Un commerçant qui dirait : « Allez au diable » croirait dire ce qu'il pense ; mais voilà le piège des passions. Dans notre vie immédiate, tout ce qui se présente est faux. J'ouvre les yeux au réveil, tout ce que je vois est faux ; mon travail est de juger, d'estimer, et de renvoyer les choses à leur distance. N'importe quelle première vue est un songe d'un instant et les songes sont sans doute de courts réveils sans jugement. Eh bien, pourquoi voulez-vous que je juge mieux de mes sentiments immédiats ?

Hegel dit que l'âme immédiate, ou naturelle, est toujours enveloppée de mélancolie et comme accablée. Cela m'a paru d'une belle profondeur. Lorsque la réflexion sur soi ne redresse pas, c'est un mauvais jeu. Et qui s'interroge se répond toujours mal. La pensée qui se contemple seulement n'est qu'ennui, ou tristesse, ou inquiétude, ou impatience. Essayez. Demandez-vous à vous-même : « Que lirais-je bien pour passer le temps ? » Vous bâillez déjà. Il faut s'y mettre. Le désir retombe s'il ne s'achève en volonté. Et ces remarques suffisent pour juger les psychologues, qui voudraient que chacun étudie curieusement ses propres pensées, comme on fait des herbes ou des coquillages. Mais penser c'est vouloir.

Or, ce qui se fait si bien dans la vie publique, commerce, industrie, où chacun se gouverne et se redresse à chaque instant, ne réussit pas de même dans la vie privée. Chacun se couche sur ses affections. Bon pour dormir ; mais dans le demi-sommeil de la famille, tout est facilement aigre. Par quoi les meilleurs sont souvent conduits à une hypocrisie effrayante. Chose à remarquer, on emploie une espèce de volonté à cacher des sentiments, au lieu de les changer par volonté, en se mouvant tout, comme un gymnaste. Cette idée que la mauvaise humeur, la tristesse, l'ennui, sont des faits comme la pluie ou le vent, est en effet la première idée, et fausse. Et, bref, la vraie politesse consiste à éprouver ce que l'on doit. On s'oblige bien au respect, à la discrétion, à la justice. Ce dernier exemple est bon à considérer ; un retour vif à la justice, malgré le premier mouvement des passions, n'est certes pas d'un voleur ; mais bien plutôt c'est la probité elle-même, sans aucune hypocrisie. Pourquoi veut-on qu'il n'en soit pas autant de l'amour ? L'amour n'est pas naturel ; et le désir lui-même ne l'est pas longtemps. Mais les sentiments vrais sont des œuvres. On ne joue pas aux cartes pour les jeter au premier mouvement d'impatience ou d'ennui ; et personne n'a jamais eu l'idée de jouer au hasard sur un piano. La musique est même de tous les exemples le meilleur ; car elle ne se soutient, même dans le chant, que par volonté, et la grâce vient ensuite, comme ont dit quelquefois les théologiens, mais sans bien savoir de quoi ils parlaient.

10 septembre 1913

XXXVII

Le couple

Romain Rolland, dans son beau livre, fait entendre qu'un bon ménage est rare, et par des causes naturelles. En suivant les mêmes chemins, en considérant ses personnages, et surtout les personnages vivants qui se sont trouvés dans mon chemin, j'aperçois des traits distinctifs qui rendent souvent les deux sexes ennemis l'un de l'autre, sans qu'ils sachent toujours bien pourquoi. L'un est affectif, l'autre actif ; cela a été dit souvent et rarement expliqué.

Affectif n'est pas la même chose qu'affectueux. Ce qu'il faut entendre sous le mot, c'est une liaison plus étroite des pensées avec les sources de la vie ; cette liaison s'observe chez tous les malades, quel que soit le sexe ; mais elle est normalement plus étroite chez la femme, par la prédominance naturelle des fonctions de grossesse et d'allaitement, et de tout ce qui s'y rattache. D'où des changements d'humeur dont les causes sont naturelles, mais dont les effets donnent souvent l'apparence de la fantaisie, de l'incohérence, de l'obstination. Sans aucune hypocrisie ; car il faut une profonde sagesse, et fort rare dans le fait, pour expliquer un mouvement d'humeur par ses véritables causes, attendu que la vraie cause change aussi nos motifs. Si une fatigue à peine sentie m'enlève le goût de la promenade, elle me fait trouver aussi des raisons de rester chez moi. On entend souvent sous le nom de pudeur une dissimulation des vraies causes ; je crois que c'est plutôt une ignorance des vraies causes et comme une transposition naturelle et presque inévitable des choses du corps en langage d'âme. L'homme amoureux est comme stupide devant ces textes.

L'autre sexe est incompréhensible dans l'inaction. Sa fonction propre c'est de chasser, de construire, d'inventer, d'essayer. Hors de ces chemins il s'ennuie, mais toujours sans s'en apercevoir. De là un mouvement perpétuel pour de petites occasions ; sa bonne volonté, en le dissimulant, l'aggrave. Il lui faut un aliment politique ou industriel. Et il est commun que les femmes prennent aussi pour hypocrisie ce qui est un effet de nature. On peut voir des crises de ce genre analysées avec profondeur dans les *Mémoires de deux jeunes mariées*, de Balzac, et surtout dans l'*Anna Karénine*, de Tolstoï.

Le remède à ces maux me paraît être dans la vie publique, qui agit de deux manières. D'abord par les relations de famille et d'amis, qui établissent dans le ménage des relations de politesse, absolument nécessaires pour dissimuler tous ces caprices du sentiment, qui n'ont toujours que trop d'occasions de s'exprimer. Dissimuler, entendez bien ; ce qui n'est que mouvement d'humeur n'est même pas senti, dès qu'on ne peut le montrer ; c'est pourquoi, autant que l'on aime, la politesse est plus vraie que l'humeur. Et puis la vie publique occupe l'homme et le détourne de cette oisiveté de complaisance, dans laquelle il n'est jamais naturel, quelque bon vouloir qu'il y mette. C'est pourquoi il y a toujours à craindre pour un ménage trop isolé et qui se nourrit d'amour seulement. Ce sont des barques trop légères, trop mobiles au flot, sans lest. Et la sagesse par réflexion n'y peut pas grand-chose. C'est l'institution qui sauve le sentiment.

14 décembre 1912

XXXVIII

L'ennui

Quand un homme n'a plus rien à construire ou à détruire, il est très malheureux. Les femmes, j'entends celles qui sont occupées à chiffonner et à pouponner, ne comprendront sans doute jamais bien pourquoi les hommes vont au café et jouent aux cartes. Vivre avec soi et méditer sur soi, cela ne vaut rien.

Dans l'admirable « *Wilhelm Meister* » de Goethe, il y a une « Société de Renoncement » dont les membres ne doivent jamais penser ni à l'avenir ni au passé. Cette règle, autant qu'on peut la suivre, est très bonne. Mais, pour qu'on puisse la suivre, il faut que les mains et les yeux soient occupés. Percevoir et agir, voilà les vrais remèdes. Au contraire, si l'on tourne ses pouces, on tombera bientôt dans la crainte et dans le regret. La pensée est une espèce de jeu qui n'est pas toujours très sain. Communément on tourne sans avancer. C'est pourquoi le grand Jean-Jacques a écrit :

« L'homme qui médite est un animal dépravé. »

La nécessité nous tire de là, presque toujours. Nous avons presque tous un métier à faire, et c'est très bon. Ce qui nous manque, ce sont de petits métiers qui nous reposent de l'autre. J'ai souvent envié les femmes, parce qu'elles font du tricot ou de la broderie. Leurs yeux ont quelque chose de réel à suivre ; cela fait que les images du passé et de l'avenir n'apparaissent vivement que par éclairs. Mais, dans ces réunions où l'on use le temps, les hommes n'ont rien à faire, et bourdonnent comme des mouches dans une bouteille.

Les heures d'insomnie, lorsque l'on n'est pas malade, ne sont si redoutées, je crois, que parce que l'imagination est alors trop libre et n'a point d'objets réels à considérer. Un homme se couche à dix heures et, jusqu'à minuit, il saute comme une carpe en invoquant le dieu du sommeil. Le même homme, à la même heure, s'il était au théâtre, oublierait tout à fait sa propre existence.

Ces réflexions aident à comprendre les occupations variées qui remplissent la vie des riches. Ils se donnent mille devoirs et mille travaux et y courent comme au feu. Ils font dix visites par jour et vont du concert au théâtre. Ceux qui ont un sang plus vif se jettent dans la chasse, la guerre ou les voyages périlleux. D'autres roulent en auto et attendent impatiemment l'occasion de se rompre les os en aéroplane. Il leur faut des actions nouvelles et des perceptions nouvelles. Ils veulent vivre dans le monde, et non en eux-mêmes. Comme les grands mastodontes broutaient des forêts, ils broutent le monde par les yeux. Les plus simples jouent à recevoir de grands coups de poing dans le nez et dans l'estomac ; cela les ramène aux choses présentes, et ils sont très heureux. Les guerres sont peut-être premièrement un remède à l'ennui ; on expliquerait ainsi que ceux qui sont les plus disposés à accepter la guerre, sinon à la vouloir, sont souvent ceux qui ont le plus à perdre. La crainte de mourir est une pensée d'oisif, aussitôt effacée par une action pressante, si dangereuse qu'elle soit. Une bataille est sans doute une des circonstances où l'on pense le moins à la mort. D'où ce paradoxe : mieux on remplit sa vie, moins on craint de la perdre.

29 janvier 1909

XXXIX

Vitesse

J'ai vu une des nouvelles locomotives de l'Ouest, plus longue encore, plus haute, plus simple que les autres ; les rouages en sont finis comme ceux d'une montre ; cela roule presque sans bruit ; on sent que tous les efforts y sont utiles et tendent tous à une même fin ; la vapeur ne s'en échappe point sans avoir usé sur les pistons toute l'énergie qu'elle a reçue du feu ; j'imagine le démarrage aisé, la vitesse régulière, la pression agissant sans secousse, et le lourd convoi glissant de deux kilomètres en une minute. Au reste le tender monumental en dit long sur le charbon qu'il faudra brûler.

Voilà bien de la science, bien des plans, bien des essais, bien des coups de marteau et de lime. Tout cela pourquoi ? Pour gagner peut-être un quart d'heure sur la durée du voyage entre Paris et Le Havre. Et que feront-ils, les heureux voyageurs, de ce quart d'heure si chèrement acheté ? Beaucoup l'useront sur le quai à attendre l'heure ; d'autres resteront un quart d'heure de plus au café et liront le journal jusqu'aux annonces. Où est le profit ? Pour qui est le profit ?

Chose étrange, le voyageur, qui s'ennuierait si le train allait moins vite, emploiera un quart d'heure, avant le départ ou après l'arrivée, à expliquer que ce train met un quart d'heure de moins que les autres à faire le parcours. Tout homme perd au moins un quart d'heure par jour à tenir des propos de cette force, ou à jouer aux cartes, ou à rêver. Pourquoi ne perdrait-il pas aussi bien ce temps-là en wagon ?

Nulle part on n'est mieux qu'en wagon ; je parle des trains rapides. On y est fort bien assis, mieux que dans n'importe quel fauteuil. Par de larges baies on voit passer les fleuves, les vallées, les collines, les bourgades et les villes ; l'œil suit les routes à flanc de coteau, des voitures sur ces routes, des trains de bateaux sur le fleuve ; toutes les richesses du pays s'étalent, tantôt des blés et des seigles, tantôt des champs de betteraves et une raffinerie, puis de belles futaies, puis des herbages, des bœufs, des chevaux. Les tranchées font voir les couches du terrain. Voilà un merveilleux album de géographie, que vous feuilletez sans peine, et qui change tous les jours, selon les saisons et selon le temps. On voit l'orage s'amasser derrière les collines et les voitures de foin se hâter le long des routes ; un autre jour les moissonneurs travaillent dans une poussière dorée et l'air vibre au soleil. Quel spectacle égale celui-là ?

Mais le voyageur lit son journal, essaie de s'intéresser à de mauvaises gravures, tire sa montre, bâille, ouvre sa valise, la referme. À peine arrivé, il hèle un fiacre, et court comme si le feu était à sa maison. Dans la soirée, vous le retrouverez au théâtre ; il admirera des arbres en carton peint, des fausses moissons, un faux clocher ; de faux moissonneurs lui brailleront aux oreilles ; et il dira, tout en frottant ses genoux meurtris par l'espèce de boîte où il est emprisonné : « Les moissonneurs chantent faux ; mais le décor n'est pas laid. »

2 juillet 1908

XL

Le jeu

« Je plains, disait quelqu'un, un homme qui vit seul, qui n'a pas de besoins ni d'inquiétudes que ses ressources ne puissent calmer, je le plains dès que l'âge ou la maladie le toucheront un peu ; car il pensera trop à lui-même. Un père de famille, toujours soucieux, et qui n'arrive point à se délivrer de ses dettes, est bien plus heureux malgré l'apparence, parce qu'il n'a point le temps de penser à ses digestions. » Voilà une raison de se conserver quelques petites dettes, ou de se consoler si on en a.

Quand on conseille aux hommes de rechercher une vie moyenne, tranquille et assurée, on ne leur dit pas assez qu'il leur faudra aussi beaucoup de sagesse pour la supporter. Le mépris des richesses et des honneurs est facile en somme ; ce qui est proprement difficile, c'est, une fois qu'on les méprise bien, de ne pas trop s'ennuyer. L'ambitieux court toujours après quelque chose où il croit qu'il trouvera un bonheur rare ; mais son principal bonheur c'est d'être bien occupé ; et même quand il est malheureux de quelque déception, il est encore heureux de son malheur. C'est qu'il y voit remède ; et le vrai remède, c'est qu'il y voie remède. La nécessité étalée comme un grand pays, bien au clair, et hors de nous, vaut toujours mieux que cette nécessité repliée que nous sentons au creux de nous.

La passion du jeu fait voir ce besoin d'aventure tout nu, en quelque sorte, sans aucun ornement étranger ; car le joueur n'a jamais de sécurité, et je crois que c'est cela même qui l'intéresse. Aussi le vrai joueur n'aime pas trop ces jeux où l'attention, la prudence, le savoir-faire corrigent beaucoup la chance. Au contraire, un jeu comme la roulette, où il ne fait qu'attendre et risquer, le transporte d'autant plus. Ce sont des catastrophes, voulues en un sens ; car il se dit à chaque instant : « Le coup prochain me ruinera peut-être, si je le veux bien. » C'est comme un voyage d'exploration très dangereux, mais avec cette condition que, d'un seul consentement de pensée, on se retrouverait en sûreté chez soi. Mais c'est ce qui explique aussi l'attrait des jeux de hasard ; car rien n'y force, et l'on ne risque que si l'on veut. Cette puissance plaît.

La guerre a sans doute quelque chose du jeu ; c'est l'ennui qui fait la guerre. Et la preuve en est que c'est toujours l'homme qui a le moins de travaux et de soucis qui est le plus guerrier. Si on saisissait bien ces causes, on serait moins touché par les déclamations. L'homme riche et oisif paraît bien fort lorsqu'il dit : « La vie est facile pour moi ; si je m'expose à tant de périls, si j'appelle de tout mon cœur ces risques effrayants, il faut donc que j'y voie quelque raison invincible ou quelque nécessité inévitable. » Mais non. Ce n'est qu'un homme qui s'ennuie. Et il s'ennuierait moins s'il travaillait du matin au soir. Ainsi l'inégale répartition des biens a par-dessus tout cet inconvénient qu'elle condamne à l'ennui un grand nombre d'hommes bien nourris ; d'où ils arrivent à se donner des craintes et des colères qui les occupent. Et ces sentiments de luxe sont le plus lourd fardeau des pauvres gens.

1er novembre 1913

XLI

Espérance

Un incendie me faisait penser à l'Assurance. Voilà une déesse qui n'est pas aimée, à beaucoup près, comme la Fortune. On la redoute ;

on lui porte de maigres offrandes, sans aucun enthousiasme. Et cela est aisé à comprendre ; les bienfaits de l'assurance ne se montrent qu'en même temps que le malheur. Le plus grand bien c'est évidemment de n'avoir point le feu chez soi ; mais c'est un bien de toutes les minutes, qu'on ne sent point, comme d'avoir ses bras et ses jambes. Au regard de ce bonheur négatif, l'argent dont on le paie semble follement donné. Je ne vois que les grandes entreprises qui paient la prime sans tristesse, comme elles paient tout ; mais je plains aussi ces capitaines du commerce qui ne savent pas à la fin d'une journée s'ils ont perdu ou gagné ; sans doute leur plaisir réel vient surtout du pouvoir qu'ils exercent sur une année de commis.

Ceux qui ont de grandes espérances et de petits moyens ne peuvent aimer l'assurance. Imagine-t-on un commerçant qui s'assurerait contre la ruine ? Rien ne serait plus facile s'ils mettaient tous en commun les bénéfices qui dépassent l'ordinaire. Ainsi les maisons associées prospéreraient, dans l'ensemble, passablement ; les commerçants associés seraient comme des fonctionnaires, assurés d'un traitement fixe et d'une retraite ; assurés, s'ils le voulaient, d'un médecin, d'un chirurgien, d'une maison de convalescence ; assurés d'un voyage de noces et d'une suite de voyages d'agrément. C'est la sagesse même ; et c'est très beau dans les livres. Mais il ne faut pas oublier que, dès que la vie matérielle est ainsi assurée, dans le sens plein du mot, tout le bonheur reste à faire. Qui n'a point de ressources en lui-même, l'ennui le guette et bientôt le tient.

La déesse Loterie, que les Anciens appelaient la Fortune aveugle, est bien plus tendrement adorée. Ici des espoirs immenses, et, en compensation, la seule crainte de ne pas gagner, qui n'est rien. Si l'on imagine un office de toutes les assurances, il faudrait écrire sur la porte : « Vous qui entrez, laissez toute espérance. » Contre quoi tous les marchands d'espérance ont beau jeu. Ce qui ne vient pas d'ambition seulement, qui est vanité dans le fond, mais plutôt de cette invention infatigable qui va toujours en avant de l'action, et qui est lumière et joie sur tout métier. Perrette en son pot au lait ne voit point le repos, mais le travail au contraire. Veau, vache, cochon, couvée, ce sont des soins. Chacun, en ses travaux de chaque jour, en découvre d'autres où il voudrait se jeter. L'espérance abat le mur et aperçoit l'ordre des légumes ou l'ordre des fleurs à la place des herbes folles et de la broussaille. L'assurance emprisonne.

La passion du jeu est admirable à considérer. L'homme y est aux prises avec un hasard dépouillé, un hasard voulu et inventé. Il y a une assurance gratuite contre les risques du jeu ; il suffit de ne point jouer. Mais presque tous ceux qui ont du loisir se jettent aux cartes ou aux dés, adorant les sœurs jumelles et inséparables, l'espérance et la crainte. Et peut-être l'homme est-il plus fier de gagner par heureuse chance que de bien jouer. Ce qu'exprime le mot féliciter ; car féliciter c'est proprement louer le succès, et non pas le mérite. Antique idée de la faveur des dieux, qui survit aux dieux. Si l'homme n'était pas ainsi, la justice égalitaire régnerait depuis longtemps, car ce n'est pas difficile. Mais l'homme n'aime guère ce qui n'est pas difficile. César règne par l'ambition de tous ; c'est notre espérance couronnée.

3 octobre 1921

XLII

Agir

Tous ces coureurs se donnent bien de la peine. Tous ces joueurs de ballon se donnent bien de la peine. Tous ces boxeurs se donnent bien de la peine. On lit partout que les hommes cherchent le plaisir ; mais cela n'est pas évident ; il semble plutôt qu'ils cherchent la peine et qu'ils aiment la peine. Le vieux Diogène disait : « Ce qu'il y a de meilleur c'est la peine. » On dira là-dessus qu'ils trouvent tous leur plaisir dans cette peine qu'ils cherchent ; mais c'est jouer sur les mots ; c'est bonheur et non plaisir qu'il faudrait dire ; et ce sont deux choses très différentes, aussi différentes que l'esclavage et la liberté.

On veut agir, on ne veut pas subir. Tous ces hommes qui se donnent tant de peine n'aiment sans doute pas le travail forcé ; personne n'aime le travail forcé ; personne n'aime les maux qui tombent ; personne n'aime sentir la nécessité. Mais aussitôt que je me donne librement de la peine, me voilà content. J'écris ces propos. « Voilà bien de la peine » dira quelque écrivain qui vit de sa plume ; seulement personne ne m'y force ; et ce travail voulu est un plaisir, ou un bonheur, pour mieux parler. Le boxeur n'aime pas les coups qui viennent le trouver ; mais il aime ceux qu'il va chercher. Il n'est rien de si agréable qu'une victoire difficile, dès que le combat dépend de nous. Dans le fond, on n'aime que la puissance. Par les monstres qu'il cherchait et qu'il écrasait, Hercule se prouvait à lui-même sa puissance. Mais dès qu'il fut amoureux, il sentit son propre esclavage et la puissance du plaisir ; tous les hommes sont ainsi ; et c'est pourquoi le plaisir les rend tristes.

L'avare se prive de beaucoup de plaisirs, et il se fait un bonheur vif, d'abord en triomphant des plaisirs, et aussi en accumulant de la puissance ; mais il veut la devoir à lui-même. Celui qui devient riche par héritage est un avare triste, s'il est avare ; car tout bonheur est poésie essentiellement, et poésie veut dire action ; l'on n'aime guère un bonheur qui vous tombe ; on veut l'avoir fait. L'enfant se moque de nos jardins, et il se fait un beau jardin, avec des tas de sable et des brins de paille. Imaginez-vous un collectionneur qui n'aurait pas fait sa collection ?

Je crois assez que ce qui plaît dans la guerre c'est qu'on la fait. Il y a une liberté évidente de chaque homme, dès qu'il est armé ; et on rirait d'un état-major qui voudrait forcer les hommes à se battre. Mais aussitôt qu'ils sentent leur liberté, ils entrent dans une vie nouvelle et y prennent goût. Craindre la mort, il le faut toujours, et l'attendre, et enfin la subir. Mais celui qui va au-devant d'elle et l'appelle en quelque sorte en champ clos, celui-là se sent plus fort qu'elle. Tout le monde sait bien qu'il est plus facile à des soldats d'aller la chercher que de l'attendre ; et l'on aime mieux la destinée que l'on se fait que celle que le temps apporte. Il y a donc une poésie dans la guerre qui fait que l'on ne hait même plus l'ennemi. C'est cette ivresse de liberté qui fait comprendre la guerre et toutes les passions. Une peste est imposée ; une guerre est comme inventée, à la manière des jeux. C'est pourquoi il me semble que la prudence n'est pas un gage de paix qui suffise ; c'est par l'amour de la justice que l'on supporte la paix ; et c'est parce que la justice est difficile à faire, plus difficile qu'un pont ou qu'un tunnel, c'est pour cela que la paix sera ; seulement pour cela.

3 avril 1911

XLIII

Hommes d'action

Un préfet de police est, pour mon goût, l'homme le plus heureux. Pourquoi ? Parce qu'il agit toujours, et toujours dans des conditions nouvelles et imprévisibles ; tantôt contre le feu, tantôt contre l'eau ; tantôt contre l'éboulement, tantôt contre l'écrasement ; aussi contre la boue, la poussière, les maladies, la pauvreté ; enfin souvent aussi contre la colère, et quelquefois contre l'enthousiasme. Ainsi, à chaque minute de sa vie, cet homme heureux se trouve en présence d'un problème bien déterminé, qui exige une action bien déterminée. Donc, point de règles générales ; point de paperasses ; point de récriminations ni de consolations en forme de rapport administratif ; il laisse cela à quelques bureaucrates. Lui, il est perception et action. Or, quand ces deux vannes, perception et action, sont ouvertes, un fleuve de vie porte le cœur de l'homme comme une plume légère.

Là est le secret des jeux. Jouer au bridge, c'est faire couler la vie de la perception à l'action. Jouer au football, encore mieux. Sur une donnée nouvelle, imprévisible, dessiner promptement une action, et, tout de suite, la faire, cela remplit la vie humaine à souhait. Que voulez-vous désirer, alors ? Que voulez-vous craindre ? Le temps dévore le regret. On se demande souvent quelle peut être la vie intérieure d'un voleur et d'un bandit. Je crois qu'il n'en a point. Toujours à l'affût, ou dormant. Toute sa puissance de prévoir est en éclaireur, devant ses pieds et ses mains. C'est pourquoi l'idée de la punition ne lui vient point, ni aucune autre. Cette machine aveugle et sourde a de quoi effrayer. Mais en tout homme l'action éteint la conscience ; cette violence sans égards s'entend dans le coup de hache du bûcheron ; elle est moins sensible dans les démarches de l'homme d'État, mais on la retrouve souvent dans les effets. On s'étonnerait moins de trouver l'homme dur et insensible comme la hache, si l'on remarquait qu'il ne s'épargne pas tant lui-même. Puissance n'a point pitié, non plus pitié de soi.

Pourquoi la guerre ? Parce que les hommes se noient alors dans l'action. Leur pensée est comme ces lampes électriques du tramway qui baissent au démarrage ; je dis leur pensée réfléchie. D'où une puissance redoutable de l'action ; elle se justifie à sa manière, parce qu'elle éteint la lampe intérieure. Par quoi une foule de passions viles sont éteintes, toutes celles que la réflexion nourrit, comme mélancolie, dégoût de la vie, ou bien intrigue, hypocrisie, rancune, ou bien amour romanesque, ou bien vice raffiné. Mais aussi s'éteint la justice dans le courant de l'action. Le préfet de police se bat contre l'émeute de la même manière qu'il se bat contre l'eau et le feu. L'émeutier éteint sa lampe aussi. Nuit barbare. C'est pourquoi il y eut des tortionnaires qui enfonçaient les coins, et des juges qui recevaient les aveux. C'est pourquoi il y eut des galériens attachés sur les bancs, et qui agonisaient là, qui mouraient là, en suivant le mouvement des rames ; et d'autres hommes qui fouettaient. Ceux qui fouettaient ne pensaient qu'à leur fouet. N'importe quel état de barbarie durera s'il s'établit. Un préfet de police est l'homme le plus heureux ; je ne dirais pas qu'il est le plus utile des hommes. L'oisiveté est mère de tous les vices, mais de toutes les vertus aussi.

21 février 1910

XLIV

Diogène

L'homme n'est heureux que de vouloir et d'inventer. Cela se voit dans le jeu de cartes ; il est clair, d'après les visages, que chacun contemple alors sa propre puissance de délibérer et de décider ; il y a des Césars de la manille, et des passages du Rubicon à chaque instant. Même dans les jeux de hasard, le joueur a tout pouvoir de risquer ou de ne pas risquer ; tantôt il ose, quel que soit le risque ; tantôt il s'abstient, quelle que soit l'espérance ; il se gouverne lui-même ; il règne. Le désir et la crainte, importuns conseillers dans les affaires ordinaires, sont ici hors du conseil, par l'impossibilité où l'on se trouve de prévoir. Aussi le jeu est-il la passion des âmes fières. Ceux qui se résignent à gagner en obéissant ne conçoivent même pas le plaisir de jouer au baccara ; mais, s'ils essaient, ils connaîtront au moins pendant un court moment l'ivresse du pouvoir.

Tous les métiers plaisent autant que l'on y gouverne, et déplaisent autant que l'on y obéit. Le pilote du tramway a moins de bonheur que le chauffeur de l'omnibus automobile. La chasse libre et solitaire donne des plaisirs vifs, parce que le chasseur fait son plan, le suit ou bien le change, sans avoir à rendre des comptes ni à donner ses raisons. Le plaisir de tuer devant des rabatteurs est bien maigre à côté ; mais encore est-il qu'un habile tireur jouit de ce pouvoir qu'il exerce contre l'émotion et la surprise. Ainsi ceux qui disent que l'homme cherche le plaisir et fuit la peine décrivent mal.

L'homme s'ennuie du plaisir reçu et préfère de bien loin le plaisir conquis ; mais par-dessus tout il aime agir et conquérir ; il n'aime point pâtir ni subir ; aussi choisit-il la peine avec l'action plutôt que le plaisir sans action. Diogène le paradoxal aimait à dire que c'est la peine qui est bonne ; il entendait la peine choisie et voulue ; car, pour la peine subie, personne ne l'aime.

L'alpiniste développe sa propre puissance et se la prouve à lui-même ; il la sent et la pense en même temps ; cette joie supérieure éclaire le paysage neigeux. Mais celui qu'un train électrique a porté jusqu'à une cime célèbre n'y peut pas trouver le même soleil. C'est pourquoi il est vrai que les perspectives du plaisir nous trompent ; mais elles nous trompent de deux manières ; car le plaisir reçu ne paie jamais ce qu'il promettait, alors que le plaisir d'agir, au contraire, paie toujours plus qu'il ne promettait. L'athlète s'exerce en vue de conquérir la récompense ; mais aussitôt, par le progrès et par la difficulté vaincue, il conquiert une autre récompense, qui est en lui et dépend de lui. Et c'est ce que le paresseux ne peut pas du tout imaginer ; car il ne voit que la peine et l'autre récompense ; il pèse l'une et l'autre et ne se décide point ; mais l'athlète est déjà debout et au travail, soulevé par l'exercice de la veille, et jouissant aussitôt de sa propre volonté et puissance. En sorte qu'il n'y a d'agréable que le travail ; mais le paresseux ne sait pas cela et ne peut pas le savoir ; ou bien, s'il le sait par ouï-dire ou par souvenir, il ne peut pas le croire ; c'est pourquoi le calcul des plaisirs trompe toujours, et l'ennui vient. Quand l'animal pensant s'ennuie, la colère n'est pas loin. Toutefois l'ennui d'être serf me paraît moins aigre que l'ennui d'être maître ; car, si monotone que soit l'action, il reste toujours à gouverner et à inventer un peu ; au lieu que celui qui reçoit les plaisirs tout faits est naturellement le plus méchant. Ainsi le riche gouverne par l'humeur et par la tristesse ; la faiblesse du travailleur vient de ce qu'il est plus content qu'il ne voudrait. Il fait le méchant.

30 novembre 1922

XLV

L'égoïste

Une des erreurs de nos religions occidentales, comme le marque Auguste Comte, c'est d'avoir enseigné que l'homme est égoïste toujours et sans remède, à moins d'un secours divin. Cette idée a tout infecté, et jusqu'au dévouement, en sorte que, parmi les idées les plus populaires, et aussi bien chez les esprits les plus libres, on trouve cette étrange opinion que celui qui se sacrifie cherche encore son plaisir.

« L'un aime la guerre ; l'autre la justice ; moi j'aime le vin. »

L'anarchiste même est théologien ; la révolte répond à l'humiliation ; tout cela est du même tonneau.

Dans le fait, on devrait voir que l'homme aime communément plutôt l'action que le plaisir, comme les jeux de la jeunesse le montrent bien. Car, qu'est-ce qu'une partie de ballon, sinon des bousculades, des coups de poing et des coups de pied, et enfin des marques noires et des compresses ? Mais tout cela est ardemment désiré ; tout cela est recueilli par le souvenir ; on y pense avec transport ; les jambes veulent déjà courir. Et c'est la générosité qui plaît, jusqu'à faire mépriser les coups, la douleur, la fatigue. On devrait aussi considérer la guerre, qui est un jeu admirable, et qui fait voir plus de générosité que de férocité ; car ce qui est surtout laid dans la guerre, c'est l'esclavage qui la prépare et l'esclavage qui la suit. Le désordre des guerres, en somme, c'est que les meilleurs s'y font tuer et que les habiles y trouvent occasion de gouverner contre la justice. Mais le jugement instinctif s'égare encore ici ; et les braves gens comme Déroulède trouvent leur plaisir à être dupes.

Tout cela est beau à considérer. L'égoïste se moque vainement, parce qu'il veut soumettre les sentiments généreux au calcul des plaisirs et des peines. « Nigauds que vous êtes, qui aimez la gloire, et encore pour d'autres ! » Et Pascal, le génie catholique, Pascal a écrit cette parole, où il n'y a que l'apparence de la profondeur : « Nous perdons la vie avec joie, pourvu qu'on en parle. » C'est le même homme qui s'est moqué du chasseur qui se donne bien du mal pour prendre un lièvre, dont il ne voudrait point s'il était donné. Il faut que le préjugé théologique soit bien fort pour cacher à des yeux humains que l'homme aime l'action plus que le plaisir, l'action réglée et disciplinée plus que toute autre action, et l'action pour la justice par-dessus tout. D'où résulte un immense plaisir, sans doute ; mais, l'erreur est de croire que l'action court au plaisir ; car le plaisir accompagne l'action. Les plaisirs de l'amour font oublier l'amour du plaisir. Voilà comment il est bâti ce fils de la terre, dieu des chiens et des chevaux.

L'égoïste, au contraire, manque à sa destinée par une erreur de jugement. Il ne veut avancer un doigt que s'il aperçoit un beau plaisir à prendre ; mais dans ce calcul les vrais plaisirs sont toujours oubliés, car les vrais plaisirs veulent d'abord peine ; c'est pourquoi, dans les calculs de la prudence, les douleurs l'emportent toujours ; la crainte est toujours plus forte que l'espérance et l'égoïste finit par considérer la maladie, la vieillesse, la mort inévitable. Et son désespoir me prouve qu'il s'est mal compris lui-même.

5 février 1913

XLVI

Le roi s'ennuie

Il est bon d'avoir un peu de mal à vivre et de ne pas suivre une route tout unie. Je plains les rois s'ils n'ont qu'à désirer ; et les dieux, s'il y en a quelque part, doivent être un peu neurasthéniques. On dit que dans les temps passés ils prenaient forme de voyageurs et venaient frapper aux portes ; sans doute ils trouvaient un peu de bonheur à éprouver la faim, la soif et les passions de l'amour. Seulement, dès qu'ils pensaient un peu à leur puissance, ils se disaient que tout cela n'était qu'un jeu, et qu'ils pouvaient tuer leurs désirs s'ils le voulaient, en supprimant le temps et la distance. Tout compte fait ils s'ennuyaient ; ils ont dû se pendre ou se noyer, depuis ce temps-là ; ou bien ils dorment comme la Belle au bois dormait. Le bonheur suppose sans doute toujours quelque inquiétude, quelque passion, une pointe de douleur qui nous éveille à nous-même.

Il est ordinaire que l'on ait plus de bonheur par l'imagination que par les biens réels. Cela vient de ce que, lorsque l'on a les biens réels, on croit que tout est dit, et l'on s'assied au lieu de courir. Il y a deux richesses ; celle qui laisse assis ennuie ; celle qui plaît est celle qui veut des projets encore et des travaux, comme est pour le paysan un champ qu'il convoitait, et dont il est enfin le maître ; car c'est la puissance qui plaît, non point la puissance au repos, mais la puissance en action. L'homme qui ne fait rien n'aime rien. Apportez-lui des bonheurs tout faits, il détourne la tête comme un malade. Au reste qui n'aime mieux faire la musique que l'entendre ? Le difficile est ce qui plaît. Aussi toutes les fois qu'il y a quelque obstacle sur la route, cela fouette le sang et ravive le feu. Qui voudrait d'une couronne olympique si on la gagnait sans peine ? Personne n'en voudrait. Qui voudrait jouer aux cartes sans risquer jamais de perdre ? Voici un vieux roi qui joue avec des courtisans ; quand il perd, il se met en colère, et les courtisans le savent bien ; depuis que les courtisans ont bien appris à jouer, le roi ne perd jamais. Aussi voyez comme il repousse les cartes. Il se lève, il monte à cheval ; il part pour la chasse ; mais c'est une chasse de roi, le gibier lui vient dans les jambes ; les chevreuils aussi sont courtisans.

J'ai connu plus d'un roi. C'étaient de petits rois, d'un petit royaume ; rois dans leur famille, trop aimés, trop flattés, trop choyés, trop bien servis. Ils n'avaient point le temps de désirer. Des yeux attentifs lisaient dans leur pensée. Eh bien ces petits Jupiters voulaient malgré tout lancer la foudre ; ils inventaient des obstacles ; ils se forgeaient des désirs capricieux, changeaient comme un soleil de janvier, voulaient à tout prix vouloir, et tombaient de l'ennui dans l'extravagance. Que les dieux, s'ils ne sont pas morts d'ennui, ne vous donnent pas à gouverner de ces plats royaumes ; qu'ils vous conduisent par des chemins de montagnes ; qu'ils vous donnent pour compagne quelque bonne mule d'Andalousie, qui ait les yeux comme des puits, le front comme une enclume, et qui s'arrête tout à coup parce qu'elle voit sur la route l'ombre de ses oreilles.

22 janvier 1908

XLVII

Aristote

Faire et non pas subir, tel est le fond de l'agréable. Mais parce que les sucreries donnent un petit plaisir sans qu'on ait autre chose à faire qu'à les laisser fondre, beaucoup de gens voudraient goûter le bonheur de la même manière, et sont bien trompés. On reçoit peu de plaisir de la musique si l'on se borne à l'entendre et si on ne la chante point du tout, ce qui faisait dire à un homme ingénieux qu'il goûtait la musique par la gorge, et non point par l'oreille. Même le plaisir qui vient des beaux dessins est un plaisir de repos, et qui n'occuperait pas assez, si l'on ne barbouillait soi-même, ou si l'on ne se faisait une collection ; ce n'est plus seulement juger, c'est rechercher et conquérir. Les hommes vont au spectacle et s'y ennuient plus qu'ils ne veulent l'avouer ; il faudrait inventer, ou tout au moins jouer, ce qui est encore inventer. Chacun a souvenir de ces comédies de société, où les acteurs ont tout le plaisir. Je me souviens de ces heureuses semaines où je ne pensais qu'à un théâtre de marionnettes ; mais il faut dire que je taillais l'usurier, le militaire, l'ingénue et la vieille femme dans des racines, avec mon couteau ; d'autres les habillaient ; je ne sus rien des spectateurs ; la critique leur était laissée, plaisir maigre, mais encore plaisir par le peu qu'ils inventaient. Ceux qui jouent aux cartes inventent continuellement et modifient le cours mécanique des événements. Ne demandez pas à celui qui ne sait point jouer s'il aime le jeu. La politique n'ennuie point dès que l'on sait le jeu ; mais il faut l'apprendre. Ainsi en toutes choses ; il faut apprendre à être heureux.

On dit que le bonheur nous fuit toujours. Cela est vrai du bonheur reçu, parce qu'il n'y a point de bonheur reçu. Mais le bonheur que l'on se fait ne trompe point. C'est apprendre, et l'on apprend toujours. Plus on sait, et plus on est capable d'apprendre. D'où le plaisir d'être latiniste, qui n'a point de fin, mais qui plutôt s'augmente par le progrès. Le plaisir d'être musicien est de même. Et Aristote dit cette chose étonnante, que le vrai musicien est celui qui se plaît à la musique, et le vrai politique celui qui se plaît à la politique.

« Les plaisirs, dit-il, sont les signes des puissances. » Cette parole retentit par la perfection des termes qui nous emportent hors de la doctrine ; et si l'on veut comprendre cet étonnant génie, tant de fois et si vainement renié, c'est ici qu'il faut regarder. Le signe du progrès véritable en toute action est le plaisir qu'on y sait prendre. D'où l'on voit que le travail est la seule chose délicieuse, et qui suffit. J'entends travail libre, effet de puissance à la fois et source de puissance. Encore une fois, non point subir, mais agir.

Chacun a vu de ces maçons qui se construisent une maisonnette à temps perdu. Il faut les voir choisir chaque pierre. Ce plaisir est dans tout métier, car l'ouvrier invente et apprend toujours. Mais, outre que la perfection mécanique apporte l'ennui, c'est un grand désordre aussi quand l'ouvrier n'a point de part à l'œuvre, et toujours recommence, sans posséder ce qu'il fait, sans en user pour apprendre encore. Au contraire, la suite des travaux et l'œuvre promesse d'œuvre est ce qui fait le bonheur du paysan, j'entends libre et maître chez lui. Toutefois il y a grande rumeur de tous contre ces bonheurs qui coûtent tant de peine, et toujours par la funeste idée d'un bonheur reçu que l'on goûterait. Car c'est la peine qui est bonne, comme Diogène dirait ; mais l'esprit ne se plaît point à porter cette contradiction ; il faut qu'il la surmonte, et, encore une fois, qu'il fasse plaisir de réflexion de cette peine-là.

15 septembre 1924

XLVIII

Heureux agriculteurs

Le travail est la meilleure et la pire des choses ; la meilleure, s'il est libre, la pire, s'il est serf. J'appelle libre au premier degré le travail réglé par le travailleur lui-même, d'après son savoir propre et selon l'expérience, comme d'un menuisier qui fait une porte. Mais il y a de la différence si la porte qu'il fait est pour son propre usage, car c'est alors une expérience qui a de l'avenir ; il pourra voir le bois à l'épreuve, et son œil se réjouira d'une fente qu'il avait prévue. Il ne faut point oublier cette fonction d'intelligence qui fait des passions si elle ne fait des portes. Un homme est heureux dès qu'il reprend des yeux les traces de son travail et les continue, sans autre maître que la chose, dont les leçons sont toujours bien reçues. Encore mieux si l'on construit le bateau sur lequel on naviguera ; il y a une reconnaissance à chaque coup de barre, et les moindres soins sont retrouvés. On voit quelquefois dans les banlieues des ouvriers qui se font une maison peu à peu, selon les matériaux qu'ils se procurent et selon le loisir ; un palais ne donne pas tant de bonheur ; encore le vrai bonheur du prince est-il de faire bâtir selon ses plans ; mais heureux par-dessus tout celui qui sent la trace de son coup de marteau sur le loquet de sa porte. La peine alors fait justement le plaisir ; et tout homme préférera un travail difficile, où il invente et se trompe à son gré, à un travail tout uni, mais selon les ordres. Le pire travail est celui que le chef vient troubler ou interrompre. La plus malheureuse des créatures est la bonne à tout faire quand on la détourne de ses couteaux pour la mettre au parquet ; mais les plus énergiques d'entre elles conquièrent l'empire sur leurs travaux, et ainsi se font un bonheur.

L'agriculture est donc le plus agréable des travaux, dès que l'on cultive son propre champ. La rêverie va continuellement du travail aux effets, du travail commencé au travail continué ; le gain même n'est pas si présent ni si continuellement perçu que la terre elle-même, ornée des marques de l'homme. C'est un plaisir démesuré que de charroyer à l'aise sur des cailloux que l'on a mis. Et l'on se passe encore bien des profits si l'on est assuré de travailler toujours sur le même coteau. C'est pourquoi le serf attaché à la terre était moins serf qu'un autre. Toute domesticité est supportée, dès qu'elle a pouvoir sur son propre travail et certitude de durée. En suivant ces règles, il est facile d'être bien servi, et même de vivre du travail des autres. Seulement le maître s'ennuiera ; d'où le jeu et les filles d'opéra. C'est toujours par l'ennui et ses folies que l'ordre social est rompu.

Les hommes d'aujourd'hui ne diffèrent pas beaucoup des Goths, des Francs, des Alamans, et autres pillards redoutables. Le tout est qu'ils ne s'ennuient point. Ils ne s'ennuieront point s'ils travaillent du matin au soir selon leur propre volonté. C'est ainsi qu'une agriculture massive réduit à des mouvements en quelque sorte ciliaires l'agitation des ennuyés. Mais il faut convenir que la fabrication en série n'offre point les mêmes ressources. Il faudrait marier l'industrie à l'agriculture comme on marie la vigne à l'ormeau. Toute usine serait campagnarde ; tout ouvrier d'usine serait propriétaire d'un bien au soleil et cultiverait lui-même. Cette nouvelle Salente compenserait l'esprit remuant par l'esprit rassis. Ne voit-on pas un essai de ce genre dans le maigre jardin de l'aiguilleur, qui fleurit sur les rives du trafic aussi obstinément que l'herbe pousse entre les pavés ?

28 août 1922

XLIX

Travaux

Dans les *Souvenirs de la maison des morts*, Dostoïevski nous fait voir des forçats au naturel ; toutes les hypocrisies de luxe, si l'on peut dire, sont enlevées ; et quoiqu'il leur reste encore des hypocrisies de nécessité, le fond de l'être humain apparaît quelquefois.

Les forçats travaillent, et souvent leurs travaux sont assez inutiles ; par exemple ils démolissent un vieux bateau pour faire du bois, dans un pays où le bois ne coûte presque rien. Ils le savent bien ; aussi tant qu'ils travaillent tout le long du jour, sans aucune espérance, ils sont paresseux, tristes et maladroits. Mais si on leur donne une tâche pour la journée, tâche lourde et difficile, aussitôt les voilà adroits, ingénieux et joyeux. Ils le sont encore plus dès qu'il s'agit d'un travail réellement utile, comme d'enlever la neige. Mais il faut lire ces pages étonnantes où l'on trouve une description vraie et sans commentaire. On y voit que le travail utile est par lui-même un plaisir ; par lui-même, et non par les avantages qu'on en retirera. Par exemple, ils font vivement et gaiement un travail déterminé, après lequel ils se reposeront ; cette idée, qu'ils gagneront peut-être une demi-heure à la fin de la journée, les met en mouvement et tous d'accord pour faire vite ; mais une fois ce problème posé, c'est le problème lui-même qui leur plaît ; et le plaisir d'inventer, de réaliser, de vouloir et puis de faire, l'emporte de beaucoup sur le plaisir qu'ils se promettent de cette demi-heure, qui ne sera toujours qu'une demi-heure de bagne. Et j'imagine que, si elle est passable, ce sera encore par le souvenir tout chaud de ce travail si vivement mené. Le plus grand plaisir humain est sans doute dans un travail difficile et libre fait en coopération, comme les jeux le font assez voir.

Il y a des pédagogues qui rendraient les enfants paresseux pour toute la vie, simplement parce qu'ils veulent que tout le temps soit occupé ; l'enfant s'habitue alors à travailler lentement, c'est-à-dire à travailler mal ; le résultat est une espèce de fatigue accablante, continuellement mêlée au travail ; au lieu que si vous séparez le travail et la fatigue, tous deux sont agréables. Les travaux languissants ressemblent à ces promenades que l'on fait seulement pour marcher et pour prendre de l'air. On est fatigué tout le temps de la promenade ; on ne l'est plus quand on rentre. Tandis que dans le travail le plus pénible on se sent infatigable et léger ; ensuite on jouit d'une détente parfaite et enfin d'un bon sommeil.

6 novembre 1911

L

Œuvres

Une œuvre commencée parle bien plus haut que les motifs. Il y a des motifs de coopérer, et bien forts ; on peut les éclairer et retourner dans son esprit pendant toute une vie et ne point coopérer. Mais la coopérative en croissance appelle le fondateur ; et les pierres d'attente, en toute œuvre, sont de suffisantes raisons pour la continuer. Heureux donc qui voit dans le travail de la veille les marques de sa propre volonté.

On dit que les hommes visent toujours quelque bien ; mais je les vois paresseux devant une fin raisonnable. Leur imagination n'a point tant de force qu'elle puisse les intéresser à une œuvre qui n'est encore rien dans le monde. C'est pourquoi il y a tant d'œuvres devant nous que nous jugeons bonnes et que nous ne faisons point. L'imagination nous déçoit de plus d'une manière, mais principalement parce que nous la croyons annonciatrice par cette agitation présente qu'elle nous fait sentir ; mais ce stérile mouvement se termine à lui-même ; l'agitation est toujours au présent et les projets sont toujours au futur. D'où cette parole du paresseux : « Je ferai » ; mais la parole de l'homme est plutôt :

« Je fais » ; car c'est l'action qui est grosse d'avenir. Imprévisible l'avenir, et aussi bien dans les œuvres ; car l'avenir que l'œuvre nous découvre n'est jamais celui que nous pensions, et toujours plus beau ; mais cela personne ne peut le croire ; et les songe-creux vont répétant que leurs projets sont bien plus beaux que les œuvres des autres.

Regardez pourtant ces hommes occupés et heureux ; tous ils courent à l'œuvre commencée, qui est épicerie en accroissement, ou collection de timbres ; chacun sait qu'il n'y a point d'œuvre frivole dès qu'elle est en train. Je les vois tous las d'imaginer, et avides de percevoir leurs pierres d'attente. Une broderie à ses premiers points ne plaît guère ; mais à mesure qu'elle avance elle agit sur notre désir avec une puissance accélérée ; c'est pourquoi la foi est la première vertu, et l'espérance n'est que la seconde ; car il faut commencer sans aucune espérance, et l'espérance vient de l'accroissement et progrès. Les projets réels ne poussent que sur l'œuvre. Je ne crois point du tout que Michel-Ange se soit mis à peindre parce qu'il avait toutes ces figures dans la tête ; car il ne dit, devant la nécessité, que ce mot : « Mais ce n'est point mon métier. » Seulement il se mit à peindre, et les figures se montrèrent ; et c'est cela qui est peindre, j'entends découvrir ce que l'on fait.

On dit bien que le bonheur nous fuit comme une ombre ; et il est vrai que le bonheur imaginé nous ne l'avons jamais. Le bonheur de faire n'est nullement imaginé ni imaginable ; il n'est jamais que substantiel ; nous n'en pouvons former l'image. Et, comme savent les écrivains, il n'y a pas de beau sujet ; je dirais même plus, je dirais qu'il faut se méfier du beau sujet, mais aussitôt s'en approcher et s'y mettre, afin de réduire le fantôme, ce qui est déposer l'espérance et se donner la foi. Défaire, pour refaire. Et c'est sans doute par où l'on peut comprendre les différences étonnantes qu'il y a toujours entre le roman et l'aventure véritable qui en a été l'occasion. Peintre, ne t'amuse pas au sourire du modèle.

29 novembre 1922

LI

Regarde au loin

Au mélancolique je n'ai qu'une chose à dire : « Regarde au loin. » Presque toujours le mélancolique est un homme qui lit trop. L'œil humain n'est point fait pour cette distance ; c'est aux grands espaces qu'il se repose. Quand vous regardez les étoiles ou l'horizon de la mer, votre œil est tout à fait détendu ; si l'œil est détendu, la tête est libre, la marche est plus assurée ; tout se détend et s'assouplit jusqu'aux viscères. Mais n'essaie point de t'assouplir par volonté ; ta volonté en toi, appliquée en toi, tire tout de travers et finira par t'étrangler ; ne pense pas à toi ; regarde au loin.

Il est très vrai que mélancolie est maladie ; et le médecin en peut quelquefois deviner la cause et donner le remède ; mais ce remède ramène l'attention dans le corps, et le souci que l'on a de suivre un régime en détruit justement l'effet ; c'est pourquoi le médecin, s'il est sage, te renvoie au philosophe. Mais, lorsque tu cours au philosophe, que trouves-tu ? Un homme qui lit trop, qui pense en myope, et qui est plus triste que toi.

L'État devrait tenir école de sagesse comme de médecine. Et comment ? Par vraie science, qui est contemplation des choses, et poésie grande comme le monde. Car la mécanique de nos yeux, qui se reposent aux larges horizons, nous enseigne une grande vérité. Il faut que la pensée délivre le corps et le rende à l'Univers, qui est notre vraie patrie. Il y a une profonde parenté entre notre destinée d'homme et les fonctions de notre corps. L'animal, dès que les choses voisines le laissent en paix, se couche et dort ; l'homme pense ; si c'est une pensée d'animal, malheur à lui. Le voilà qui double ses maux et ses besoins ; le voilà qui se travaille de crainte et d'espérance ; ce qui fait que son corps ne cesse point de se tendre, de s'agiter, de se lancer, de se retenir, selon les jeux de l'imagination ; toujours soupçonnant, toujours épiant choses et gens autour de lui. Et s'il veut se délivrer, le voilà dans les livres, univers fermé encore, trop près de ses yeux, trop près de ses passions. La pensée se fait une prison et le corps souffre ; car dire que la pensée se rétrécit et dire que le corps travaille contre lui-même, c'est dire la même chose. L'ambitieux refait mille fois ses discours, et l'amoureux mille fois ses prières. Il faut que la pensée voyage et contemple, si l'on veut que le corps soit bien.

À quoi la science nous conduira, pourvu qu'elle ne soit ni ambitieuse, ni bavarde, ni impatiente ; pourvu qu'elle nous détourne des livres et emporte notre regard à distance d'horizon. Il faut donc que ce soit perception et voyage. Un objet, par les rapports vrais que tu y découvres, te conduit à un autre et à mille autres, et ce tourbillon du fleuve porte ta pensée jusqu'aux vents, jusqu'aux nuages, et jusqu'aux planètes. Le vrai savoir ne revient jamais à quelque petite chose tout près des yeux ; car savoir c'est comprendre comment la moindre chose est liée au tout ; aucune chose n'a sa raison en elle, et ainsi le mouvement juste nous éloigne de nous-mêmes ; cela n'est pas moins sain pour l'esprit que pour les yeux. Par où ta pensée se reposera dans cet univers qui est son domaine, et s'accordera avec la vie de ton corps qui est liée aussi à toutes choses. Quand le chrétien disait : « Le ciel est ma patrie », il ne croyait pas si bien dire. Regarde au loin.

15 mai 1911

LII

Voyages

En ce temps de vacances, le monde est plein de gens qui courent d'un spectacle à l'autre, évidemment avec le désir de voir beaucoup de choses en peu de temps. Si c'est pour en parler, rien de mieux ; car il vaut mieux avoir plusieurs noms de lieux à citer ; cela remplit le temps. Mais si c'est pour eux, et pour réellement voir, je ne les comprends pas bien. Quand on voit les choses en courant elles se ressemblent beaucoup. Un torrent c'est toujours un torrent. Ainsi celui qui parcourt le monde à toute vitesse n'est guère plus riche de souvenirs à la fin qu'au commencement.

La vraie richesse des spectacles est dans le détail. Voir, c'est parcourir les détails, s'arrêter un peu à chacun, et, de nouveau, saisir l'ensemble d'un coup d'œil. Je ne sais si les autres peuvent faire cela vite, et courir à autre chose, et recommencer. Pour moi, je ne le saurais. Heureux ceux de Rouen qui, chaque jour, peuvent donner un regard à une belle chose et profiter de Saint-Ouen, par exemple, comme d'un tableau que l'on a chez soi.

Tandis que si l'on passe dans un musée une seule fois, ou dans un pays à touristes, il est presque inévitable que les souvenirs se brouillent et forment enfin une espèce d'image grise aux lignes brouillées.

Pour mon goût, voyager c'est faire à la fois un mètre ou deux, s'arrêter et regarder de nouveau un nouvel aspect des mêmes choses.

Souvent, aller s'asseoir un peu à droite ou à gauche, cela change tout, et bien mieux que si je fais cent kilomètres.

Si je vais de torrent à torrent, je trouve toujours le même torrent. Mais si je vais de rocher en rocher, le même torrent devient autre à chaque pas. Et si je reviens à une chose déjà vue, en vérité elle me saisit plus que si elle était nouvelle, et réellement elle est nouvelle. Il ne s'agit que de choisir un spectacle varié et riche, afin de ne pas s'endormir dans la coutume. Encore faut-il dire qu'à mesure que l'on sait mieux voir, un spectacle quelconque enferme des joies inépuisables. Et puis, de partout, on peut voir le ciel étoilé ; voilà un beau précipice.

29 août 1906

LIII

La danse des poignards

Chacun connaît la force d'âme des stoïciens. Ils raisonnaient sur les passions, haine, jalousie, crainte, désespoir et ils arrivaient ainsi à les tenir en bride, comme un bon cocher tient ses chevaux.

Un de leurs raisonnements qui m'a toujours plu et qui m'a été utile plus d'une fois, est celui qu'ils font sur le passé et l'avenir. « Nous n'avons, disent-ils, que le présent à supporter. Ni le passé, ni l'avenir ne peuvent nous accabler, puisque l'un n'existe plus et que l'autre n'existe pas encore. »

C'est pourtant vrai. Le passé et l'avenir n'existent que lorsque nous y pensons ; ce sont des opinions, non des faits. Nous nous donnons bien du mal pour fabriquer nos regrets et nos craintes. J'ai vu un équilibriste qui ajustait une quantité de poignards les uns sur les autres ; cela faisait une espèce d'arbre effrayant qu'il tenait en équilibre sur son front. C'est ainsi que nous ajustons et portons nos regrets et nos craintes en imprudents artistes. Au lieu de porter une minute, nous portons une heure ; au lieu de porter une heure, nous portons une journée, dix journées, des mois, des années. L'un, qui a mal à la jambe, pense qu'il souffrait hier, qu'il a souffert déjà autrefois, qu'il souffrira demain ; il gémit sur sa vie tout entière. Il est évident qu'ici la sagesse ne peut pas beaucoup ; car on ne peut toujours pas supprimer la douleur présente. Mais s'il s'agit d'une douleur morale, qu'en restera-t-il si l'on se guérit de regretter et de prévoir ?

Cet amoureux maltraité, qui se tortille sur son lit au lieu de dormir, et qui médite des vengeances corses, que resterait-il de son chagrin s'il ne pensait ni au passé, ni à l'avenir ? Cet ambitieux, mordu au cœur par un échec, où va-t-il chercher sa douleur, sinon dans un passé qu'il ressuscite et dans un avenir qu'il invente ? On croit voir le Sisyphe de la légende qui soulève son rocher et renouvelle ainsi son supplice.

Je dirais à tous ceux qui se torturent ainsi : pense au présent ; pense à ta vie qui se continue de minute en minute ; chaque minute vient après l'autre ; il est donc possible de vivre comme tu vis, puisque tu vis. Mais l'avenir m'effraie, dis-tu. Tu parles de ce que tu ignores. Les événements ne sont jamais ceux que nous attendions ; et quant à ta peine présente, justement parce qu'elle est très vive, tu peux être sûr qu'elle diminuera. Tout change, tout passe. Cette maxime nous a attristés assez souvent ; c'est bien le moins qu'elle nous console quelquefois.

17 avril 1908

LIV

Déclamations

Quelquefois on rencontre sur la route un spectre humain qui se chauffe au soleil ou qui se traîne vers sa maison ; cette vue de l'extrême décrépitude et de la mort imminente nous inspire une horreur insurmontable au premier moment ; nous fuyons en disant : « Pourquoi cette chose humaine n'est-elle pas morte ? » Elle aime encore la vie, pourtant ; elle se chauffe au soleil ; elle ne veut pas mourir. Dur chemin pour nos pensées ; la réflexion souvent y trébuche, se blesse, s'irrite, se jette dans un mauvais sentier. C'est bientôt fait.

Comme je cherchais la bonne route, après une vue de ce genre, par discours prudents et tâtonnants, je voyais devant moi un ami tout tremblant de mauvaise éloquence, avec des feux d'enfer dans les yeux. Enfin il éclata : « Tout est misère, dit-il. Ceux qui se portent bien craignent la maladie et la mort; ils y mettent toutes leurs forces; ils ne perdent rien de leur terreur; ils la goûtent tout entière. Et voyez ces malades; ils devraient appeler la mort; mais point du tout; ils la repoussent; cette crainte s'ajoute à leurs maux. Vous dites: comment peut-on craindre la mort quand la vie est atroce à ce point-là? Vous voyez pourtant qu'on peut haïr la mort et la souffrance en même temps; et voilà comment nous finirons. »

Ce qu'il disait lui semblait évident absolument; et, ma foi, j'en croirais bien autant, si je voulais. Il n'est pas difficile d'être malheureux; ce qui est difficile c'est d'être heureux; ce n'est pas une raison pour ne pas l'essayer; au contraire; le proverbe dit que toutes les belles choses sont difficiles.

J'ai des raisons aussi de me garder de cette éloquence d'enfer, qui me trompe par une fausse lumière d'évidence. Combien de fois me suis-je prouvé à moi-même que j'étais dans un malheur sans remède; et pourquoi? Pour des yeux de femme, peut-être éblouis ou fatigués, ou assombris par un nuage du ciel; tout au plus pour quelque pensée médiocre, pour quelque mouvement de bile, pour quelque calcul de vanité que je supposais d'après des mines et des paroles; car nous avons tous connu cette étrange folie; et nous en rions de bon cœur un an après. J'en retiens que la passion nous trompe, dès que les larmes, les sanglots tout proches, l'estomac, le cœur, le ventre, les gestes violents, la contraction inutile des muscles se mêlent au raisonnement. Les naïfs y sont pris à chaque fois; mais je sais que cette mauvaise lumière s'éteint bientôt; je veux l'éteindre tout de suite; cela m'est possible; il suffit que je ne déclame point; je connais assez la puissance de ma propre voix sur moi-même; je veux donc me parler à moi-même tout uniment, et non point en tragédien. Voilà pour le ton. Je sais aussi que la maladie et la mort sont des choses communes et naturelles, et que cette révolte est certainement une pensée fausse et inhumaine; car une pensée vraie et humaine doit toujours, il me semble, être adaptée en quelque façon à la condition humaine et au cours des choses. Et c'est déjà une raison assez forte pour ne pas se jeter en étourdi dans ces plaintes qui nourrissent la colère et que la colère nourrit. Cercle d'enfer; mais c'est moi qui suis le diable, et c'est moi qui tiens la fourche.

29 septembre 1911

LV

Jérémiades

Ce que je vous souhaite pour cette année qui recommence, c'est-à-dire pour le temps qu'il faut au soleil pour remonter à son plus haut et redescendre ensuite au plus bas, ce que je vous souhaite c'est de ne pas dire et aussi de ne pas penser que tout va de mal en pis. « Cette soif de l'or, cette ardeur au plaisir, cet oubli des devoirs, cette insolence de la jeunesse, ces vols et ces crimes inouïs, cette impudence des passions, ces saisons folles enfin, qui nous apportent presque des soirées tièdes au cœur de l'hiver », voilà un refrain vieux comme le monde des hommes ; il signifie seulement ceci : « Je n'ai plus l'estomac ni la joie de mes vingt ans. »

Encore si ce n'était qu'une manière de dire ce que l'on éprouve, on supporterait ce discours, comme on supporte la tristesse de ceux qui sont malades. Mais les discours ont par eux-mêmes une puissance démesurée ; ils enflent la tristesse, ils la grossissent, ils en recouvrent toutes les choses comme d'un manteau, et ainsi l'effet devient cause, comme on voit qu'un enfant peut bien avoir très peur de son petit camarade qu'il a lui-même déguisé en lion ou en ours.

Il est assez clair que si un homme, par naturelle tristesse, orne sa maison comme un catafalque, il n'en sera que plus triste, toutes choses lui rappelant aigrement son chagrin. Même jeu pour nos idées ; si par humeur nous venons à nous peindre les hommes en noir et les affaires publiques en décomposition, ce barbouillage à son tour nous jette dans le désespoir ; et l'homme le plus intelligent est souvent celui qui se dupe le mieux lui-même, parce que ses déclamations ont une suite et un air de raison.

Le pire, c'est que cette maladie se gagne ; c'est comme un choléra des esprits. Je connais des gens en présence de qui l'on ne peut pas dire que les fonctionnaires sont, dans l'ensemble, plus honnêtes et plus diligents qu'autrefois. Ceux qui suivent leurs passions ont une éloquence si naturelle, une sincérité si touchante que la galerie est pour eux ; et celui qui veut être juste joue alors le rôle d'un niais ou d'un mauvais plaisant. Ainsi la jérémiade s'établit comme un dogme et fait partie bientôt de la politesse.

Hier, un ouvrier tapissier, afin de soutenir une conversation préliminaire, disait tout naïvement : « Les saisons sont perdues. Qui croirait que nous sommes en hiver ? Et c'est comme l'été ; on ne sait plus ce que c'est. » Il disait cela après les dures chaleurs de cette année qu'il a pourtant senties comme les autres. Mais le lieu commun est plus fort que les faits. Et méfiez-vous de vous-même, vous qui riez de mon tapissier ; car tous les faits ne sont pas aussi clairs ni aussi présents au souvenir que le bel été de dix neuf cent onze.

Ma conclusion est que la joie est sans autorité, parce qu'elle est jeune et que la tristesse est sur un trône et toujours trop respectée. D'où je tire qu'il faut résister à la tristesse, non pas seulement parce que la joie est bonne, ce qui serait déjà une espèce de raison, mais parce qu'il faut être juste, et que la tristesse, éloquente toujours, impérieuse toujours, ne veut jamais qu'on soit juste.

4 janvier 1912

LVI

L'éloquence des passions

L'éloquence des passions nous trompe presque toujours ; j'entends par là cette fantasmagorie triste ou gaie, brillante ou lugubre, que nous déroule l'imagination selon que notre corps est reposé ou fatigué, excité ou déprimé. Tout naturellement nous accusons alors les choses et nos semblables, au lieu de deviner et de modifier la cause réelle, souvent petite et sans conséquence.

Dans ce temps où les examens commencent à s'élever au-dessus de l'horizon, plus d'un candidat travaille aux lumières, fatigue ses yeux, et ressent un mal de tête diffus ; petits maux que l'on guérit bien vite par le repos et le sommeil. Mais le naïf candidat n'y pense point. Il constate d'abord qu'il n'apprend pas vite, que les idées restent dans le brouillard et que la pensée des auteurs reste dans le papier au lieu de venir à lui ; alors il s'attriste sur les difficultés de l'examen et sur ses propres aptitudes ; puis portant son regard sur le passé, et contemplant tous ses souvenirs à travers le même brouillard triste, il s'aperçoit ou croit s'apercevoir qu'il n'a pas fait grand-chose d'utile, que tout est à revoir, que rien ne s'éclaire ni ne s'ordonne ; regardant maintenant vers l'avenir, il pense que le temps est court et que le travail est bien lent ; aussi revient-il à son livre, la tête entre ses deux mains, alors qu'il devrait se coucher et dormir ; le mal lui cache le remède ; et c'est justement parce qu'il est fatigué qu'il se jette au travail. Il lui faudrait ici la profonde sagesse des stoïciens élucidée encore par Descartes et par Spinoza. Toujours défiant devant les preuves d'imagination, il devrait, par réflexion, deviner ici l'éloquence des passions, et refuser d'y croire, ce qui détruirait soudainement le plus clair de son mal ; car un peu de mal de tête et de fatigue des yeux, cela est supportable et ne dure guère ; mais le désespoir est terrible et aggrave de lui-même ses causes.

Voilà le piège des passions. Un homme qui est bien en colère se joue à lui-même une tragédie bien frappante, vivement éclairée, où il se représente tous les torts de son ennemi, ses ruses, ses préparations, ses mépris, ses projets pour l'avenir ; tout est interprété selon la colère, et la colère en est augmentée ; on dirait un peintre qui peindrait les Furies et qui se ferait peur à lui-même. Voilà par quel mécanisme une colère finit souvent en tempête, et pour de faibles causes, grossies seulement par l'orage du cœur et des muscles. Il est pourtant clair que le moyen de calmer toute cette agitation n'est pas du tout de penser en historien et de faire la revue des insultes, des griefs et des revendications ; car tout cela est faussement éclairé, comme dans un délire. Ici encore il faut, par réflexion, deviner l'éloquence des passions et refuser d'y croire. Au lieu de dire : « Ce faux ami m'a toujours méprisé », dire : « dans cette agitation je vois mal, je juge mal ; je ne suis qu'un acteur tragique qui déclame pour lui-même. » Alors vous verrez le théâtre éteindre ses lumières faute de public ; et les brillants décors ne seront plus que des barbouillages. Sagesse réelle ; arme réelle contre la poésie de l'injustice. Hélas ! Nous sommes conseillés et menés par des moralistes d'occasion qui ne savent que se mettre en délire et donner leur mal à d'autres.

14 mai 1913

LVII

Du désespoir

« Un fripon, disait quelqu'un, ne se tue pas pour si peu. » Ce n'est pas la première fois, ni la dernière, qu'un honnête homme se croit déshonoré, se donne la mort, et est pleuré de ceux-là mêmes dont il se croyait méprisé. Je cherche, au sujet de ce drame qui sera longtemps présent à nos mémoires, ce qui fait que l'homme qui veut être juste et raisonnable semble souvent n'avoir dompté certaines passions que pour être attaqué et vaincu par d'autres ; et aussi par quelles pensées il pourrait combattre le désespoir.

Juger d'une situation, poser un problème difficile, en chercher la solution, ne la point trouver, ne savoir à quoi se résoudre, tourner dans les mêmes pensées comme un cheval au manège, cela seul, direz-vous, est un tourment, et l'intelligence a des pointes aussi pour nous piquer. Non, point du tout. Il faut justement commencer par ne point tomber dans cette erreur-là. Il y a beaucoup de problèmes où l'on ne voit rien ; et l'on s'en console aisément. Un conseil, un liquidateur, un juge peuvent très bien décider qu'une affaire est sans espérance, ou même ne rien pouvoir décider, sans perdre l'appétit ni le sommeil. Ce qui nous blesse, dans des pensées inextricables, ce ne sont pas les pensées inextricables, c'est plutôt une espèce de lutte et de résistance contre cela même, ou, si vous voulez, un désir que les choses ne soient pas comme elles sont. Dans tout mouvement de passion, je crois qu'il y a une résistance contre l'irréparable.

Par exemple, si quelqu'un souffre d'aimer une femme sotte, ou vaniteuse, ou froide, c'est qu'il s'obstine à vouloir qu'elle ne soit pas comme elle est. De même, lorsqu'une ruine est inévitable et qu'on le sait bien, la passion veut espérer, et ordonne en quelque sorte à la pensée de refaire encore une fois la même route, afin de trouver quelque bifurcation qui conduise autre part. Mais le chemin est fait ; l'on en est justement où l'on en est ; et, dans les chemins du temps, on ne peut ni retourner en arrière, ni refaire deux fois la même route. Aussi je tiens qu'un caractère fort est celui qui se dit à lui-même où il en est, quels sont les faits, quel est au juste l'irréparable, et qui part de là vers l'avenir. Mais ce n'est pas facile, et il faut s'y exercer dans les petites choses ; sans quoi la passion sera comme le lion en cage, qui pendant des heures piétine devant la grille, comme s'il espérait toujours, quand il est à un bout, qu'il n'a pas bien regardé à l'autre. Bref, cette tristesse qui naît de la contemplation du passé ne sert à rien et est même très nuisible, parce qu'elle nous fait réfléchir vainement et chercher vainement. Spinoza dit que le repentir est une seconde faute.

« Mais, dit l'homme triste, s'il a lu Spinoza, je ne puis toujours pas être gai si je suis triste ; cela dépend de mes humeurs, de ma fatigue, de mon âge et du temps qu'il fait. » Bon. Dites-vous cela à vous-même, dites-vous sérieusement cela ; renvoyez la tristesse à ses vraies causes ; il me semble que vos lourdes pensées seront chassées par là, comme des nuages par le vent. La terre sera chargée de maux, mais le ciel sera clair ; c'est toujours autant de gagné ; vous aurez renvoyé la tristesse dans le corps ; vos pensées en seront comme nettoyées. Ou disons, si vous voulez, que la pensée donne des ailes à la tristesse et en fait un chagrin planant ; tandis que par ma réflexion, si elle vise bien, je casse les ailes, et je n'ai plus qu'un chagrin rampant. Il est toujours devant mes pieds, mais il n'est plus devant mes yeux. Seulement, voilà le diable, nous voulons toujours un chagrin qui vole bien haut.

31 octobre 1911

LVIII

De la pitié

Il y a une bonté qui assombrit la vie, une bonté qui est tristesse, que l'on appelle communément pitié, et qui est un des fléaux humains. Il faut voir comment une femme sensible parle à un homme amaigri et qui passe pour tuberculeux. Le regard mouillé, le son de la voix, les choses qu'on lui dit, tout condamne clairement ce pauvre homme. Mais il ne s'irrite point ; il supporte la pitié d'autrui comme il supporte sa maladie. Ce fut toujours ainsi. Chacun vient lui verser encore un peu de tristesse ; chacun vient lui chanter le même refrain :

« Cela me crève le cœur, de vous voir dans un état pareil. »

Il y a des gens un peu plus raisonnables, et qui retiennent mieux leurs paroles. Ce sont alors des discours toniques : « Ayez bon courage ; le beau temps vous remettra sur pied. » Mais l'air ne va guère avec les paroles. C'est toujours une complainte à faire pleurer. Quand ce ne serait qu'une nuance, le malade la saisira bien ; un regard surpris lui en dira bien plus que toutes les paroles.

Comment donc faire ? Voici. Il faudrait n'être pas triste ; il faudrait espérer ; on ne donne aux gens que l'espoir que l'on a. Il faudrait compter sur la nature, voir l'avenir en beau, et croire que la vie triomphera. C'est plus facile qu'on ne croit, parce que c'est naturel. Tout vivant croit que la vie triomphera, sans cela il mourrait tout de suite. Cette force de vie vous fera bientôt oublier le pauvre homme ; eh bien, c'est cette force de vie qu'il faudrait lui donner. Réellement, il faudrait n'avoir point trop pitié de lui. Non pas être dur et insensible. Mais faire voir une amitié joyeuse. Nul n'aime inspirer la pitié ; et si un malade voit qu'il n'éteint pas la joie d'un homme bon, le voilà soulevé et réconforté. La confiance est un élixir merveilleux.

Nous sommes empoisonnés de religion. Nous sommes habitués à voir des curés qui sont à guetter la faiblesse et la souffrance humaines, afin d'achever les mourants d'un coup de sermon qui fera réfléchir les autres. Je hais cette éloquence de croque-mort. Il faut prêcher sur la vie, non sur la mort ; répandre l'espoir, non la crainte ; et cultiver en commun la joie, vrai trésor humain. C'est le secret des grands sages, et ce sera la lumière de demain. Les passions sont tristes. La haine est triste. La joie tuera les passions et la haine. Mais commençons par nous dire que la tristesse n'est jamais ni noble, ni belle, ni utile.

5 octobre 1909

LIX

Les maux d'autrui

Le moraliste, c'est La Rochefoucauld, je crois, qui a écrit : « Nous avons toujours assez de force pour supporter les maux d'autrui », a dit assurément quelque chose de vrai. Mais ce n'est qu'à moitié vrai. Ce qui est bien plus beau à remarquer, c'est que nous avons toujours assez de force pour supporter nos propres maux. Et il le faut bien. Quand la nécessité nous met la main sur l'épaule, nous sommes bien tenus. Il faudrait donc mourir ; ou bien alors, on vit comme on peut ; et la plupart des gens s'arrête à ce dernier parti. La force de la vie est admirable.

Ainsi les inondés, ils s'adaptaient. Ils ne gémissaient point sur la passerelle ; ils y mettaient le pied. Ceux qu'on entassait dans les écoles et dans les autres lieux publics y campaient pour le mieux et mangeaient et dormaient de tout leur cœur. Ceux qui ont été à la guerre en racontent autant ; les grandes peines ne sont pas alors parce qu'on est en guerre, mais parce que l'on a froid aux pieds ; l'on pense furieusement à faire du feu, et l'on est tout à fait content quand l'on se chauffe.

On pourrait même dire que, plus l'existence est difficile, mieux on supporte les peines et mieux on jouit des plaisirs ; car la prévision n'a pas le temps d'aller jusqu'à des maux simplement possibles ; elle est tenue en bride par la nécessité. Robinson ne commence à regretter sa patrie que lorsqu'il a bâti sa maison. C'est sans doute pour cette raison qu'un riche se plaît à la chasse ; ce sont alors des maux prochains, comme mal au pied, ou des plaisirs prochains, comme bien boire et bien manger ; et l'action emporte tout, enchaîne tout. Celui qui met toute son attention sur un acte assez difficile, celui-là est parfaitement heureux. Celui qui pense à son passé ou à son avenir ne peut pas être heureux tout à fait. Tant qu'on porte le poids des choses, il faut être heureux ou périr ; mais dès qu'on porte, en inquiétude, le poids de soi, tout chemin est rude. Le passé et l'avenir frottent dur sur la route.

En somme, il ne faudrait point penser à soi. Le plaisant, c'est que ce sont les autres qui me ramènent à moi par leurs discours sur eux-mêmes. Agir ensemble, c'est toujours bon ; parler ensemble pour parler, pour geindre, pour récriminer, c'est un des grands fléaux de ce monde. Sans compter que le visage humain est diablement expressif, et arrive à éveiller des tristesses que les choses me faisaient oublier. Nous ne sommes égoïstes qu'en société, par le choc des individus, par la réponse de l'un à l'autre, réponse de la bouche, réponse des yeux, réponse du cœur fraternel. Une plainte déchaîne mille plaintes ; une peur déchaîne mille peurs. Tout le troupeau court dans chaque mouton. Voilà pourquoi un cœur sensible est toujours misanthrope un peu. Ce sont des choses auxquelles l'amitié doit toujours penser. On nommerait trop vite égoïste l'homme sensible qui cherche la solitude par précaution contre les messages humains ; il n'est pas d'un cœur sec de supporter difficilement l'inquiétude, la tristesse, la souffrance, peintes sur un visage ami. Et l'on doute si ceux qui font volontiers société avec le malheur ont plus d'attention à leurs propres maux, ou plus de courage, ou plus d'indifférence. Ce moraliste ne fut que malin. Les maux d'autrui sont lourds à porter.

23 mars 1910

LX

Consolation

Le bonheur et le malheur sont impossibles à imaginer. Je ne parle pas des plaisirs proprement dits, ni des douleurs, comme rhumatismes, maux de dents, ou supplices d'Inquisition ; cela, on peut s'en faire une idée en évoquant les causes, parce que les causes ont une action certaine ; par exemple si l'eau bouillante jaillit sur ma main, si je suis renversé par une automobile, si j'ai la main prise dans une porte, dans tous ces cas-là j'évalue à peu près ma douleur, ou, autant qu'on peut savoir, la douleur d'un autre.

Mais dès qu'il s'agit de cette couleur des opinions qui fait le bonheur ou le malheur, on ne peut rien prévoir ni rien imaginer, ni pour les autres, ni pour soi. Tout dépend du cours des pensées, et l'on ne pense pas comme on veut ; à bien plus forte raison peut-on être délivré, sans savoir pourquoi, de pensées qui ne sont nullement agréables. Le théâtre par exemple, nous occupe et nous détourne avec une violence qui est risible, si l'on fait attention aux pauvres causes, une toile peinte, un braillard, une femme qui fait semblant de pleurer ; mais ces singeries vous tireront des larmes, de vraies larmes ; vous porterez un moment toutes les peines de tous les hommes par la vertu d'une mauvaise déclamation. L'instant d'après, vous serez à mille lieues de vous-même et de toutes les peines, en plein voyage. Le chagrin et la consolation se posent et s'envolent comme des oiseaux. On en rougirait ; on rougirait de dire comme Montesquieu : « Je n'ai jamais eu de chagrin qu'une heure de lecture n'ait dissipé » ; il est pourtant clair que, si on lit vraiment, on sera à ce qu'on lit.

Un homme qui va à la guillotine, dans un fourgon, est à plaindre ; pourtant, s'il pensait à autre chose, il ne serait pas plus malheureux dans son fourgon que je ne suis maintenant. S'il compte les tournants ou les cahots, il pense aux tournants et aux cahots. Une affiche vue de loin, et qu'il essaierait de lire, pourrait bien l'occuper au dernier moment ; qu'en savons – nous ? Et qu'en sait-il ?

J'ai eu le récit d'un camarade qui s'est noyé. Il était tombé entre un bateau et le quai, et resta sous la coque un bon moment ; on le retira inanimé ; il revint donc de la mort, on peut le dire. Voici ses souvenirs. Il se trouva dans l'eau les yeux ouverts, et il voyait devant lui flotter un câble ; il se disait qu'il aurait pu le saisir, mais il n'en avait point l'envie ; cette vue d'eau verte et de câble flottant emplissait sa pensée. Tels furent ses derniers moments, d'après ce qu'il m'a raconté.

26 novembre 1910

LXI

Le culte des morts

Le culte des morts est une belle coutume ; et la fête des morts est placée comme il faut, au moment où il devient visible, par des signes assez clairs, que le soleil nous abandonne. Ces fleurs séchées, ces feuilles jaunes et rouges sur lesquelles on marche, les nuits longues, et les jours paresseux qui semblent des soirs, tout cela fait penser à la fatigue, au repos, au sommeil, au passé. La fin d'une année est comme la fin d'une journée et comme la fin d'une vie ; comme l'avenir n'offre alors que nuit et sommeil, naturellement la pensée revient sur ce qui a été fait et devient historienne. Il y a ainsi harmonie entre les coutumes, le temps qu'il fait et le cours de nos pensées. Aussi plus d'un homme, en cette saison, va évoquer les ombres et leur parler.

Mais comment les évoquer ? Comment leur plaire ? Ulysse leur donnait à manger ; nous leur portons des fleurs ; mais toutes les offrandes ne sont que pour tourner nos pensées vers eux et mettre la conversation en train. Il est assez clair que c'est la pensée des morts que l'on veut évoquer et non leur corps ; et il est clair que c'est en nous-mêmes que leur pensée dort. Cela n'empêche point que les fleurs, les couronnes et les tombes fleuries aient un sens. Comme nous ne pensons pas comme nous voulons, et que le cours de nos pensées dépend principalement de ce que nous voyons, entendons et touchons, il est très raisonnable de se donner certains spectacles, afin de se donner en même temps les rêveries qui y sont comme attachées. Voilà en quoi les rites religieux ont une valeur. Mais ils ne sont que moyen ; ils ne sont pas fin ; il ne faut donc pas aller faire visite aux morts comme d'autres entendent la messe ou disent leur chapelet.

Les morts ne sont pas morts, c'est assez clair puisque nous vivons. Les morts pensent, parlent et agissent ; ils peuvent conseiller, vouloir, approuver, blâmer ; tout cela est vrai ; mais il faut l'entendre. Tout cela est en nous ; tout cela est bien vivant en nous.

Alors, direz-vous, nous ne pouvons oublier les morts ; et il est inutile de penser à eux ; penser à soi, c'est penser à eux. Oui, mais il est assez ordinaire que l'on ne pense guère à soi, vraiment à soi, sérieusement à soi. Nous sommes trop faibles et trop inconstants à nos propres yeux ; nous sommes trop près de nous ; il n'est pas facile de trouver une bonne perspective de soi, qui laisse tout en vraie proportion. Quel est donc l'ami de la justice qui pense continuellement à la justice qu'il veut ? Au contraire nous voyons les morts selon leur vérité, par cette piété qui oublie les petites choses ; et leur puissance de conseiller, qui est le plus grand fait humain peut-être, vient de ce qu'ils n'existent plus ; car exister c'est répondre aux chocs du monde environnant ; c'est, plus d'une fois par jour, et plus d'une fois par heure, oublier ce qu'on a juré d'être. Aussi cela est plein de sens de se demander ce que les morts veulent. Et regardez bien, écoutez bien : les morts veulent vivre ; ils veulent vivre en vous ; ils veulent que votre vie développe richement ce qu'ils ont voulu. Ainsi les tombeaux nous renvoient à la vie. Ainsi notre pensée bondit joyeusement pardessus le prochain hiver, jusqu'au prochain printemps et jusqu'aux premières feuilles. J'ai regardé hier une tige de lilas dont les feuilles allaient tomber, et j'y ai vu des bourgeons.

8 novembre 1907

LXII

Gribouille

Ceux qui se livrent aux accès de toux avec une espèce de fureur, espèrent bien qu'ils vont se soulager d'un petit chatouillement dans la gorge ; par cette belle méthode ils s'irritent la gorge, ils s'essoufflent, ils s'exténuent. Aussi dans les hôpitaux et autres maisons de santé, on apprend aux malades à ne point tousser ; ce qui se fait d'abord en se retenant de tousser autant qu'on peut ; mieux encore en avalant sa salive juste au moment où l'on va tousser ; car l'un de ces mouvements exclut l'autre ; et enfin en ne se laissant point indisposer et courroucer par ce petit chatouillement, qui se calme de lui-même dès que l'on arrive à le mépriser.

Pareillement, il y a des malades qui se grattent et qui se donnent ainsi une espèce de plaisir trouble, mêlé de douleur, qu'ils payent ensuite par des douleurs plus cuisantes. De même que ceux qui toussent de tout leur cœur, ils arrivent à une espèce de fureur contre eux-mêmes. C'est une méthode de Gribouille.

L'insomnie offre des drames du même genre où l'on souffre du mal que l'on se fait à soi-même. Car rien n'empêche que l'on reste quelque temps sans dormir ; et l'on n'est pas si mal dans un lit. Mais la tête travaille ; on se dit que l'on veut dormir ; on s'applique à dormir ; on y met toute son attention, et si bien, que l'on reste éveillé par cette volonté et par cette attention même. Ou bien encore on s'irrite ; on compte les heures ; on juge absurde de ne pas mieux employer le temps précieux du repos ; en même temps on saute et on se retourne comme une carpe sur l'herbe. Méthode de Gribouille.

Ou bien encore, et aussi bien le jour que la nuit, si l'on a quelque sujet d'être mécontent, on y revient dès qu'on le peut ; on reprend sa propre histoire comme un roman bien noir que l'on a laissé ouvert sur sa table. On se replonge ainsi dans son chagrin ; on s'en régale ; on revient sur ce que l'on craint d'en oublier ; on passe en revue tous les maux possibles que l'on peut prévoir. On gratte son mal enfin. Méthode de Gribouille.

Un amoureux que sa belle a renvoyé ne voudrait pas penser à autre chose ; mais il reprend les bonheurs passés et les perfections de l'infidèle, et ses perfidies, et ses injustices. Il se fouette lui-même de tout son cœur. Il devrait, s'il ne peut penser à quelque autre chose, considérer son malheur autrement ; se dire que c'est une petite sotte qui n'est plus déjà de première fraîcheur ; imaginer la vie qu'il aurait eue avec cette femme devenue vieille ; peser scrupuleusement les joies passées ; faire la part de son propre enthousiasme ; faire revivre ces minutes discordantes sur lesquelles on passe quand on est heureux, mais qui, dans la tristesse, servent alors de consolation. Finalement arrêter son attention sur quelque trait physique, œil, nez, bouche, main, pied, son de voix qui ne plaît pas ; il y en a toujours ; j'avoue que c'est là un remède héroïque. Il est plus aisé de se jeter dans un travail compliqué ou dans une action difficile. Mais de toute façon, il faut s'appliquer à se consoler, au lieu de se jeter au malheur comme au gouffre. Et ceux qui s'y appliqueront de bonne foi seront bien plus vite consolés qu'ils ne pensent.

31 décembre 1911

LXIII

Sous la pluie

Il y a pourtant assez de maux réels ; cela n'empêche pas que les gens y ajoutent, par une sorte d'entraînement de l'imagination. Vous rencontrez tous les jours un homme au moins qui se plaindra du métier qu'il fait, et ses discours vous paraîtront toujours assez forts, car il y a à dire sur tout, et rien n'est parfait.

Vous, professeur, vous avez, dites-vous, à instruire de jeunes brutes qui ne savent rien et qui ne s'intéressent à rien ; vous, ingénieur, vous êtes plongé dans un océan de paperasses ; vous, avocat, vous plaidez devant des juges qui digèrent en somnolant au lieu de vous écouter. Ce que vous dites est sans doute vrai, et je le prends pour tel ; ces choses-là sont toujours assez vraies pour qu'on puisse les dire. Si avec cela vous avez un mauvais estomac, ou des chaussures qui prennent l'eau, je vous comprends très bien ; voilà de quoi maudire la vie, les hommes, et même Dieu, si vous croyez qu'il existe.

Cependant, remarquez une chose, c'est que cela est sans fin, et que tristesse engendre tristesse. Car, à vous plaindre ainsi de la destinée, vous augmentez vos maux, vous vous enlevez d'avance tout espoir de rire, et votre estomac lui-même s'en trouve encore plus mal. Si vous aviez un ami, et s'il se plaignait amèrement de toutes choses, vous essaieriez sans doute de le calmer et de lui faire voir le monde sous un autre aspect. Pourquoi ne seriez-vous pas un précieux ami pour vous-même ? Mais oui, sérieusement, je dis qu'il faut s'aimer un peu et être bon avec soi. Car tout dépend souvent d'une première attitude que l'on prend. Un auteur ancien a dit que tout événement a deux anses, et qu'il n'est pas sage de choisir pour le porter celle qui blesse la main. Le commun langage a toujours nommé philosophes ceux qui choisissent en toute occasion le meilleur discours et le plus tonique ; c'est viser au centre. Il s'agit donc de plaider pour soi, non contre soi. Nous sommes tous si bons plaideurs, et si entraînants, que nous saurons bien trouver des raisons d'être contents, si nous prenons ce chemin-là. J'ai souvent observé que c'est par inadvertance, et un peu aussi par politesse, que les hommes se plaignent de leur métier. Si on les incline à parler de ce qu'ils font et de ce qu'ils inventent, non de ce qu'ils subissent, les voilà poètes, et joyeux poètes.

Voici une petite pluie ; vous êtes dans la rue, vous ouvrez votre parapluie ; c'est assez. À quoi bon dire : « Encore cette sale pluie ! » ; cela ne leur fait rien du tout aux gouttes d'eau, ni au nuage, ni au vent. Pourquoi ne dites-vous pas aussi bien : « Oh ! la bonne petite pluie ! » Je vous entends, cela ne fera rien du tout aux gouttes d'eau ; c'est vrai ; mais cela vous sera bon à vous ; tout votre corps se secouera et véritablement s'échauffera, car tel est l'effet du plus petit mouvement de joie ; et vous voilà comme il faut être pour recevoir la pluie sans prendre un rhume.

Et prenez aussi les hommes comme la pluie. Cela n'est pas facile, dites-vous. Mais si ; c'est bien plus facile que pour la pluie. Car votre sourire ne fait rien à la pluie, mais il fait beaucoup aux hommes, et, simplement par imitation, il les rend déjà moins tristes et moins ennuyeux. Sans compter que vous leur trouverez aisément des excuses, si vous regardez en vous. Marc-Aurèle disait tous les matins : « Je vais rencontrer aujourd'hui un vaniteux, un menteur, un injuste, un ennuyeux bavard ; ils sont ainsi à cause de leur ignorance. »

4 novembre 1907

LXIV

Effervescence

Il en est des guerres comme des passions. Un accès de colère n'est jamais explicable par les causes qu'on en donne pour le justifier, comme des intérêts contraires, des rivalités, des rancunes. Des circonstances favorables peuvent toujours arrêter la tragédie. Souvent les discussions, les rixes, les meurtres résultent d'une rencontre fortuite. Supposons que deux hommes d'un même cercle, entre lesquels une altercation semble inévitable, soient portés par de grands intérêts, et, pour longtemps, dans deux villes assez éloignées ; ce fait si simple établit la paix, ce que les raisonnements n'auraient pu faire. Toute passion est fille d'occasion. Si deux personnes se voient tous les jours, comme un locataire et son concierge, alors les premiers effets deviennent causes à leur tour, et les mouvements d'impatience et de colère sont des motifs d'en éprouver de plus vifs, ce qui fait qu'il y a souvent alors une disproportion ridicule entre les premières causes et l'effet final.

Quand un petit enfant pleure ou crie, il se produit un phénomène purement physique que lui-même ne soupçonne pas, mais auquel les parents et les maîtres doivent faire attention. Ses cris lui font mal à lui-même et l'irritent encore plus. Les menaces, les éclats de voix, grossissent encore l'avalanche. C'est la colère même qui entretient la colère. Aussi faut-il alors agir physiquement, par simple massage, ou par changement de perceptions. L'amour maternel fait voir dans ces cas-là sa science presque infaillible, lorsqu'il promène, câline ou berce le poupon. On guérit une crampe par le massage ; or une colère d'un poupon et de n'importe qui, c'est toujours un état de contracture des muscles qu'il faut soigner par gymnastique et musique, comme disaient les Anciens. Mais, dans l'accès de colère, les meilleurs arguments sont tout à fait inutiles et souvent nuisibles, parce qu'ils rappellent à l'imagination tout ce qui peut exciter la colère.

Ces remarques aident à comprendre comment la guerre est toujours à craindre et peut toujours être évitée. Toujours à craindre par l'effervescence, qui, si elle s'étend, réalisera la guerre, même pour de très faibles raisons. Toujours évitable, quelles que soient les raisons, si l'effervescence ne s'en mêle point. Or les citoyens doivent considérer ces lois si simples avec attention. Car ils se disent avec accablement : « Que puis-je, moi pauvre, pour pacifier l'Europe ? De nouvelles causes de conflit surgissent à chaque instant. Il s'élève des problèmes insolubles autant qu'il passe de jours ; une solution ici fait une crise ailleurs ; on ne dénoue qu'en nouant, comme dans la ficelle embrouillée. Laissons aller la nécessité. » Oui ; mais la nécessité ne va pas à la guerre, comme mille exemples le font assez voir. Tout s'arrange et se dérange. J'ai vu les côtes de Bretagne fortifiées contre l'Angleterre ; on ne s'est pourtant point battu par là, en dépit des mauvais prophètes. Mais le vrai danger, c'est l'effervescence ; et ici chacun est roi de soi-même et maître des tempêtes pour sa part. Pouvoir immense, que la masse des citoyens doit apprendre à exercer. Soyez heureux d'abord, comme dit le Sage ; car le bonheur n'est pas le fruit de la paix ; le bonheur c'est la paix même.

3 mai 1913

LXV

Épictète

« Supprime l'opinion fausse, tu supprimes le mal. » Ainsi parle Épictète. Le conseil est bon pour celui qui attendait le ruban rouge et qui s'empêche de dormir en pensant qu'il ne l'a point. C'est donner trop de puissance à un bout de ruban ; celui qui le penserait comme il est, un peu de soie, un peu de garance, n'en serait pas troublé. Épictète abonde en exemples rudes ; cet ami bienfaisant nous prend à l'épaule :

« Te voilà triste, dit-il, parce que tu n'as pu occuper au cirque cette place désirée, et que tu crois qui t'est due. Viens donc, le cirque est vide maintenant ; viens toucher cette pierre merveilleuse ; tu pourras même t'y asseoir. » Le remède est le même, contre toutes les peurs et contre tous les sentiments tyranniques ; il faut aller droit à la chose et voir ce que c'est.

Le même Épictète dit au passager : « Tu as peur de cette tempête comme si tu devais avaler toute cette grande mer ; mais, mon cher, il ne faut que deux pintes d'eau pour te noyer. » Il est sûr que ce formidable mouvement des vagues représente très mal le danger réel. On dit et on pense : « Mer furieuse ; voix de l'abîme ; vagues courroucées ; menace ; assaut. » Cela n'est point vrai ; ce sont des balancements selon la pesanteur, la marée et le vent ; nul mauvais destin ; ce n'est pas tout ce bruit ni tout ce mouvement qui te tuera ; nulle fatalité ; on peut se sauver d'un naufrage ; on peut se noyer dans une eau tranquille ; le problème véritable est celui-ci : auras-tu la tête hors de l'eau ? J'ai entendu conter que de bons marins, quand ils approchaient de quelque rocher maudit, se couchaient dans la barque en se couvrant les yeux. Ainsi des paroles entendues autrefois les tuaient. Leurs corps, rejetés sur la même plage, témoignaient pour l'opinion fausse. Celui qui saurait penser simplement à des rochers, à des courants, à des remous, et en somme à des forces liées entre elles et entièrement explicables, se délivrerait de toute la terreur et peut-être de tout le mal. Tant que l'on manœuvre on ne voit qu'un certain danger à la fois. Le duelliste habile n'a point peur, parce qu'il voit clairement ce qu'il fait et ce que fait l'autre ; mais s'il se livre au destin, le regard noir qui le guette le perce avant l'épée ; et cette peur est pire que le mal.

Un homme qui a un caillou dans les reins et qui se livre au chirurgien imagine un ventre ouvert et des flots de sang. Mais le chirurgien non. Le chirurgien sait qu'il ne va pas trancher une seule cellule ; qu'il va seulement écarter les cellules de cette colonie de cellules, s'y faire un passage ; laisser couler peut-être un peu de ce liquide dans lequel elles baignent, moins sans doute que n'en coûterait une coupure à la main mal pansée. Il sait quels sont les vrais ennemis de ces cellules, et contre lesquels elles forment ce tissu serré qui résiste au fer ; il sait que cet ennemi, le microbe, est dans la place, par ce caillou qui ferme la route aux excrétions naturelles ; il sait que son bistouri apporte la vie, non la mort ; il sait que, les ennemis écartés, tout cela va revivre aussitôt, comme on voit qu'une coupure nette et propre se guérit presque aussi vite qu'elle est faite. Si le patient se forme de ces idées-là, s'il supprime l'opinion fausse, il n'est pas pour cela guéri de la pierre ; il est du moins guéri de la peur.

10 décembre 1910

LXVI

Stoïcisme

On a peut-être mal pris les fameux stoïciens, comme s'ils nous apprenaient seulement à résister au tyran et à braver les supplices. Pour moi j'aperçois plus d'un usage de leur sagesse virile, simplement contre la pluie et l'orage. Leur réflexion consistait, comme on sait, dans un mouvement pour se séparer du sentiment pénible et le considérer comme un objet en lui disant : « Tu es des choses ; tu n'es pas de moi. » Au contraire ceux qui n'ont point du tout l'art de vivre en rois sur un escabeau laissent entrer l'orage au-dedans d'eux-mêmes, disant volontiers : « Je sens l'orage de loin ; je suis impatient et accablé à la fois. Tonne donc, ciel ! » C'est proprement vivre en animal, avec la pensée en trop. Car, selon l'apparence, l'animal est modifié tout entier par l'orage qui vient, de même que la plante se courbe au grand soleil et se redresse à l'ombre ; mais l'animal n'en sait pas grand-chose, de même que dans le demi-sommeil nous ne savons pas si nous sommes gais ou tristes. Cet état de torpeur est bon aussi pour l'homme, et toujours reposant, même dans les plus grandes peines, à condition que le malheureux se relâche tout à fait ; je l'entends à la lettre ; il faut que tous les membres soient bien appuyés et tous les muscles détendus ; il y a un art de les tasser en repos, qui est une espèce de massage par l'intérieur, et qui est l'opposé de la crispation, cause de colère, d'insomnie, d'anxiété. À ceux qui ne peuvent s'endormir, je dis volontiers : faites chat crevé.

Maintenant, si l'on ne peut descendre à cet état animal, qui est le vrai de la vertu épicurienne, alors il faut s'éveiller fortement, et bondir, en quelque sorte, jusqu'à la vertu stoïcienne ; car elles sont bonnes l'une et l'autre, et c'est l'entre-deux qui ne vaut rien. Si l'on ne peut se plonger dans l'état orageux ou pluvieux, il faut alors le repousser, s'en séparer ; dire : c'est pluie et orage, ce n'est pas moi. Plus difficile, assurément, quand il s'agit d'un reproche injuste, ou d'une déception, ou d'une jalousie ; ces mauvaises bêtes se collent sur vous. Mais il faut pourtant s'aviser de dire enfin :

« Ce n'est pas miracle si après cette déception je suis triste ; c'est naturel comme la pluie et le vent. » Ce conseil irrite les passionnés ; ils s'obligent, ils se lient eux-mêmes ; ils embrassent leur peine. Je les compare à l'enfant qui crie comme un âne et s'irrite tellement de se voir aussi bête, qu'il crie encore plus fort. Il pourrait se délivrer lui-même en disant :

« Eh bien, quoi ? Ce n'est qu'un enfant qui crie. » Mais il ne sait pas vivre encore. Et du reste l'art de vivre est trop peu connu. Mais je tiens qu'un des secrets du bonheur, c'est d'être indifférent à sa propre humeur ; ainsi méprisée, l'humeur retombe dans la vie animale, comme un chien rentre dans sa niche. Et voilà, selon mon opinion, un des plus importants chapitres de la morale réelle ; se séparer de ses fautes, de ses regrets, de toutes les misères de réflexion. Dire : « Cette colère passera quand elle voudra. » Semblable à l'enfant que l'on n'entend point crier, elle passera tout de suite. George Sand, qui avait de la tête, a bien représenté cette âme royale dans *Consuelo* œuvre forte, trop peu lue.

31 août 1913

LXVII

Connais-toi

Je lisais hier dans une de ces annonces comme on en voit : « Le grand secret, le moyen assuré de réussir dans la vie, d'agir sur l'esprit des autres, et de les disposer favorablement. Il s'agit d'un fluide vital que tout le monde possède, mais dont le célèbre professeur X. connaît seul l'usage. Il vous l'apprendra pour dix francs. Désormais on pourra dire que ceux qui ne réussissent pas dans leurs entreprises n'avaient pas dix francs à dépenser, etc. » Comme le journal qui imprime ces lignes ne le fait pas pour rien, il est à croire que le professeur de succès et marchand de fluide magnétique trouve des clients.

Comme je réfléchissais là-dessus, il me vint à l'esprit que ce professeur était sans doute bien plus habile qu'il ne croyait. Tout fluide mis à part, que fait-il ? S'il donne aux gens un peu de confiance, c'est déjà beaucoup ; c'est assez pour que ses clients triomphent de ces petites difficultés dont on se fait des montagnes. La timidité est un grand obstacle, et souvent le seul obstacle.

Mais je vois bien mieux. Je vois qu'il les forme à l'attention, à la réflexion, à l'ordre, à la méthode, sans peut-être s'en rendre bien compte lui-même. Dans toutes ces prétendues projections de fluide, il s'agit toujours d'imaginer avec force quelqu'un ou quelque chose. Je suppose que le professeur les entraîne peu à peu jusqu'à ce qu'ils sachent fixer leur attention. Par cela seul il a bien gagné son argent.

Car, premièrement, les gens sont, par ce moyen, détournés de penser à eux-mêmes, à leur passé, à leurs échecs, à leur fatigue, à leur estomac ; et les voilà délivrés d'un fardeau qui s'accroissait d'instant en instant. Que de gens usent leur vie à récriminer ! Deuxièmement ils en viennent à penser sérieusement à ce qu'ils veulent, aux circonstances, aux personnes, et distinctement, au lieu de tout brouiller et ressasser, comme on fait quelquefois en rêve. Qu'après cela le succès leur arrive, cela n'est pas étonnant. Je ne compte pas les hasards favorables qui travaillent pour le professeur. Et quant aux hasards contraires, qui en parlera ? Communément chacun pense qu'il a des ennemis, et se trompe en cela. Les hommes n'ont point tant de suite, mais il est ordinaire que l'on cultive ses ennemis bien plus attentivement que ses amis. Cet homme vous veut du mal, croyez-vous ; il l'a sans doute oublié ; mais vous, vous ne l'oubliez point ; seulement, par votre visage, vous lui rappelez ses devoirs. Un homme n'a guère d'autres ennemis que lui-même. Il est toujours à lui-même son plus grand ennemi, par ses faux jugements, par ses vaines craintes, par son désespoir, par les discours déprimants qu'il se tient à lui-même. Dire simplement à un homme : « Votre destin dépend de vous », c'est un conseil qui vaut bien dix francs ; on a le fluide par-dessus le marché.

Au temps de Socrate, il y avait à Delphes, comme chacun sait, une espèce de Sibylle inspirée par Apollon, et qui vendait des conseils sur toute chose. Seulement le dieu, plus honnête que notre marchand de fluide, avait écrit son secret au fronton du temple. Et lorsqu'un homme venait interroger le destin, afin de savoir ce que les choses feraient pour ou contre lui, il pouvait lire, avant d'entrer, ce profond oracle, bon pour tous : « Connais-toi. »

23 octobre 1909

LXVIII

Optimisme

« Prions Dieu pour que ce ne soit pas le garde champêtre », disaient des pensionnaires bien naïves égarées dans les cultures, et fort inquiètes à la vue d'un homme qui venait. J'ai considéré plus d'une fois cet exemple, je dirais presque ce modèle de niaiserie, avant de le comprendre humainement. Il est vrai que tout y est confondu ; mais plus sans doute dans les mots que dans les idées, comme il nous arrive à tous, qui avons appris à parler avant d'apprendre à penser.

Cette anecdote me revenait à l'esprit comme quelqu'un d'assez intelligent frappait du pied et résistait en présence « de cet optimisme voulu, de cette espérance aux yeux fermés, de ce mensonge à soi-même ». Et c'était d'Alain qu'il parlait, parce que ce philosophe naïf, et presque sauvage encore, voulait considérer, malgré des preuves assez évidentes, que les hommes sont volontiers honnêtes, modestes, raisonnables et affectueux ; que la paix et la justice viennent à nous en se tenant par la main ; que les vertus guerrières tueront la guerre ; que l'électeur choisira les plus dignes, et autres consolations pieuses, qui ne changent pourtant point les faits. C'est tout à fait comme si un promeneur se disait, sur le seuil de sa porte : « Voilà un gros nuage qui me gâte déjà la promenade ; ma foi j'aime mieux croire qu'il ne pleuvra point. » Il vaut mieux voir le nuage plus noir qu'il n'est et prendre un parapluie. C'est ainsi qu'il se moquait, et j'en riais bien ; car ce raisonnement qu'il faisait montre une belle apparence, mais ce n'est qu'un décor sans épaisseur, et j'eus bientôt touché de mes mains le mur rustique qui est ma maison.

Il y a l'avenir qui se fait et l'avenir qu'on fait. L'avenir réel se compose des deux. Au sujet de l'avenir qui se fait, comme orage ou éclipse, il ne sert à rien d'espérer, il faut savoir, et observer avec des yeux secs. Comme on essuie les verres de la lunette, ainsi il faut essuyer la buée des passions sur les yeux. J'entends bien. Les choses du ciel, que nous ne modifions jamais, nous ont appris la résignation et l'esprit géomètre qui sont une bonne partie de la sagesse. Mais dans les choses terrestres, que de changements par l'homme industrieux ! Le feu, le blé, le navire, le chien dressé, le cheval dompté, voilà des œuvres que l'homme n'aurait point faites si la science avait tué l'espérance.

Surtout dans l'ordre humain lui-même, où la confiance fait partie des faits, je compte très mal si je ne compte point ma propre confiance. Si je crois que je vais tomber, je tombe ; si je crois que je ne puis rien, je ne puis rien. Si je crois que mon espérance me trompe, elle me trompe. Attention là. Je fais le beau temps et l'orage ; en moi d'abord ; autour de moi aussi, dans le monde des hommes. Car le désespoir, et l'espoir aussi, vont de l'un à l'autre, plus vite que ne changent les nuages. Si j'ai confiance, il est honnête ; si je l'accuse d'avance, il me vole. Ils me rendent tous ma monnaie, selon la pièce. Et pensez bien encore à ceci, c'est que l'espérance ne tient que par volonté, étant fondée sur ce qu'on fera si on veut, comme paix et justice ; au lieu que le désespoir s'installe et se fortifie de lui-même par la force de ce qui est. Voilà par quelles remarques on sauve ce qui est à sauver dans la religion, et que la religion a perdu, j'entends la belle espérance.

28 janvier 1913

LXIX

Dénouer

Quelqu'un me jugeait hier en peu de mots : « Optimisme incurable. » Certainement il l'entendait mal, voulant dire que je suis ainsi par nature et que j'en suis bien heureux, mais qu'enfin une bienfaisante illusion n'a jamais passé pour vérité. C'est confondre ce qui est avec ce que l'on veut faire être. Si l'on considère ce qui est de soi et sans qu'on y travaille, le pessimisme est le vrai ; car le cours des choses humaines, dès qu'on l'abandonne, va tout de suite au pire ; par exemple, qui se livre à son humeur est aussitôt malheureux et méchant. Cela est inévitable par la structure de notre corps, qui tourne tout à mal dès qu'on ne le surveille plus, dès qu'on ne le gouverne plus. Observez qu'un groupe d'enfants, faute d'un jeu réglé, en vient bientôt à la brutalité informe. Ici se montre la loi biologique de l'excitation qui va aussitôt à l'irritation. Faites l'essai de jouer à frapper dans les mains avec un tout petit enfant ; bientôt il se livrera au jeu avec une sorte de fureur qui résulte de son action même. Autre essai : faites parler un jeune garçon ; admirez-le seulement un peu ; il arrivera à l'extravagance dès qu'il aura vaincu la timidité. La leçon vous fera rougir vous-même, car elle est bonne pour tous, en même temps qu'amère pour tous ; quiconque se lance à parler, sans gouverner la machine, dit promptement assez de sottises pour maudire ensuite sa propre nature et désespérer de lui-même. Jugez d'après cela une foule en effervescence, et vous en attendrez tout le mal possible, sans compter toute la sottise possible. En quoi vous ne vous tromperez point.

Mais celui qui connaît le mal par les causes apprendra à ne point maudire et à ne point désespérer. La maladresse est la loi de tout essai, dans n'importe quel genre. Le corps, non formé par gymnastique, s'emporte aussitôt, et que ce soit dessin, ou escrime, ou équitation, ou conversation, aussitôt vise mal et manque naturellement le but. Cela étonne, et semble donner raison au pessimiste ; mais il faut comprendre par les causes, et la principale chose à considérer ici, c'est cette liaison de tous les muscles qui fait que chacun d'eux, dès qu'il se remue, éveille tous les autres, et non point d'abord ceux qui doivent coopérer. Le maladroit pèse de tout son corps sur le moindre mouvement, et chacun est maladroit d'abord, quand ce ne serait que pour enfoncer un clou. Cependant il n'est point de limites au savoir-faire que l'on peut acquérir en s'exerçant ; tous les arts et tous les métiers en témoignent. Et le dessin, ce tracé du geste, est peut-être le témoignage le plus éloquent de tous, quand il est beau ; car cette main lourde, impatiente, irritée, chargée de tout le corps est pourtant capable de ce trait léger, retenu et comme purifié, soumis en même temps au jugement et à la chose. Et l'homme qui crie et s'irrite la gorge est le même qui chantera ; car chacun reçoit en héritage ce paquet de muscles tremblant et noué. Il faut dénouer ; et ce n'est pas un petit travail. Et chacun sait bien que la colère et le désespoir sont les premiers ennemis à vaincre. Il faut croire, espérer et sourire ; et avec cela travailler. Ainsi la condition humaine est telle que si on ne se donne pas comme règle des règles un optimisme invincible, aussitôt le plus noir pessimisme est le vrai.

27 décembre 1921

LXX

Patience

Quand je vais prendre le train, j'entends toujours des gens qui disent : « Vous n'arrivez qu'à telle heure. Comme ce voyage est long et ennuyeux ! » Le mal est qu'ils le croient ; et c'est là que notre stoïcien aurait dix fois raison quand il dit : « Supprime le jugement, tu supprimes le mal. »

Si l'on regardait les choses autrement, on serait conduit à considérer un voyage en chemin de fer comme un des plaisirs les plus vifs. Si l'on ouvrait quelque panorama où l'on verrait les couleurs du ciel et de la terre et la fuite des choses comme sur une grande roue dont le centre serait au fond de l'horizon, si l'on donnait un tel spectacle, tout le monde voudrait l'avoir vu. Et si l'inventeur réalisait aussi la trépidation du train et tous les bruits du voyage, cela paraîtrait encore plus beau.

Or toutes ces merveilles, dès que vous montez en chemin de fer, vous les avez gratis ; oui, gratis car vous payez pour être transporté, non pour voir des vallées, des fleuves et des montagnes. La vie est pleine de ces plaisirs vifs, qui ne coûtent rien, et dont on ne jouit pas assez. Il faudrait des écriteaux dans toutes les langues et un peu partout, pour dire : « Ouvrez les yeux, prenez du plaisir. »

À quoi vous répondez : « Je suis voyageur, non spectateur. Une affaire importante veut que je sois ici ou là, le plus tôt que je pourrai. C'est à cela que je pense ; je compte les minutes et les tours de roue. Je maudis ces arrêts et ces employés indolents qui poussent les malles sans passion. Moi je pousse les miennes en idée ; je pousse le train ; je pousse le temps. Vous dites que c'est déraisonnable, et moi je dis que c'est naturel et inévitable, si l'on a un peu de sang dans les veines. »

Assurément il est bon d'avoir du sang dans les veines ; mais les animaux qui ont triomphé sur cette terre ne sont pas les plus colériques ; ce sont les raisonnables, ceux qui gardent leur passion pour le juste moment. Ainsi le terrible escrimeur ce n'est pas celui qui frappe du pied la planche et qui part avant de savoir où il ira ; c'est ce flegmatique qui attend que le passage soit ouvert et qui y passe soudain comme une hirondelle. De même, vous qui apprenez à agir, ne poussez pas votre wagon, puisqu'il marche sans vous. Ne poussez pas le majestueux et imperturbable temps qui conduit tous les univers ensemble d'un instant à un autre instant. Les choses n'attendent qu'un regard pour vous prendre et vous porter. Il faudrait apprendre à être bon et ami pour soi-même.

11 décembre 1910

LXXI

Bienveillance

« Qu'il est difficile d'être content de quelqu'un ! » Cette sévère parole de La Bruyère doit déjà nous rendre prudents. Car le bon sens veut que chacun s'adapte aux conditions réelles de la vie en société, et il n'est point juste de condamner l'homme moyen ; c'est folie de misanthrope. Donc, sans chercher les causes, je me garde de considérer mes semblables comme si j'étais un spectateur qui a payé sa place et qui veut qu'on lui plaise. Mais au contraire, repassant en moi-même l'ordinaire de cette difficile existence, je mets d'avance tout au pire ; je suppose que l'interlocuteur a un mauvais estomac ou la migraine, ou bien des soucis d'argent, ou des querelles domestiques. Ciel douteux, me dis-je, ciel de mars, gris et bleu mêlé, éclairs de soleil et bise aigre ; j'ai ma fourrure et mon parapluie.

Bon. Mais il y a mieux à penser là-dessus, si l'on songe à cet instable corps humain, frémissant à la moindre touche, toujours penchant, bientôt emporté, produisant gestes et discours selon sa forme, selon la fatigue, et selon les actions étrangères ; c'est pourtant ce corps humain qui doit m'apporter, comme un bouquet de fête, les sentiments constants, les égards et les agréables propos auxquels il me semble que j'ai droit. Cependant moi-même, qui suis si attentif à l'autre, je ne le suis guère à moi ; je lance des messages que j'ignore, par un geste machinal, par un froncement de sourcil ; le soleil et le vent composent mon visage. J'offre ainsi à l'autre justement ce que je m'étonne de trouver en lui, un homme, c'est-à-dire un animal qui a charge d'esprit, que l'on prend toujours trop haut, et puis trop bas, qui ne peut faire un signe sans en faire dix, bien plutôt qui fait signe de toute sa personne, sans pouvoir choisir. En ce mélange je dois, comme un chercheur d'or, négliger le gravier et le sable, et reconnaître la plus petite paillette ; c'est à moi de chercher ; aucun homme ne crible les discours qu'il lance, comme il fait de ceux qu'il entend. Me voilà donc disposé selon la politesse, et encore mieux ; j'ouvre un large crédit à l'autre ; je laisse les scories, j'attends sa vraie pensée. Mais ici je remarque un autre effet auquel on ne s'attend jamais assez. Cette bienveillance, que je fais voir, délie aussitôt ce timide qui s'avance en armes et tout hérissé. Bref, de ces deux humeurs qui roulent l'une vers l'autre comme des nuages, il faut que l'une commence à sourire ; si ce n'est point vous qui commencez vous n'êtes qu'un sot.

Il n'est point d'homme dont on ne puisse dire et penser beaucoup de mal ; il n'est point d'homme dont on ne puisse dire et penser beaucoup de bien. Et la nature humaine est ainsi faite qu'elle n'a point peur de déplaire ; car l'irritation, qui donne courage, suit la timidité de bien près ; et le sentiment que l'on a d'être désagréable rend aussitôt pire. Mais c'est à vous, qui avez compris ces choses, de ne point entrer dans ce jeu. C'est une expérience étonnante que celle-ci et que je vous prie de faire une fois ; il est plus facile de gouverner directement l'humeur des autres que la sienne propre ; et qui manie avec précaution l'humeur de l'interlocuteur est médecin de la sienne propre par ce moyen ; car, dans la conversation ainsi que dans la danse, chacun est le miroir de l'autre.

8 avril 1922

LXXII

Injures

Si un phonographe vous couvrait soudainement d'injures, cela vous ferait rire. Si un homme de mauvaise humeur, mais à peu près sans voix, faisait marcher un phonographe à injures pour contenter sa colère, personne ne croirait que telle injure, blessante par hasard, lui était destinée. Mais quand c'est la face humaine qui lance l'injure, chacun veut croire que tout ce qu'elle dit était prémédité, ou tout au moins est pensé dans l'instant même. Ce qui trompe, c'est l'éloquence des passions et l'espèce de sens qu'offrent presque toujours des paroles produites sans pensée par une bouche humaine.

Descartes a écrit le plus beau de ses ouvrages et trop peu lu, c'est le *Traité des Passions*, justement pour expliquer comment notre machine, par sa forme et par le pli de l'habitude, arrive aisément à jouer la pensée. Pour nous-mêmes aussi. Car, lorsque nous sommes bien en colère, d'abord nous imaginons mille choses qui s'accordent très bien avec notre fureur physique, et qui, par la vivacité, sont autant de preuves ; et puis nous produisons en même temps des discours souvent pleins d'accent et de vraisemblance, qui nous touchent nous-mêmes comme ferait le jeu d'un bon acteur. Si quelque autre s'échauffe par imitation et nous donne la réplique, voilà un beau drame, où pourtant il est vrai que les pensées suivent les paroles au lieu de les précéder. La vérité de théâtre est sans doute en ceci que les personnages ne cessent de réfléchir sur ce qu'ils ont dit. Leurs paroles sont comme des oracles, dont ils cherchent le sens.

Dans un bon ménage, les discours improvisés dans le jeu de l'impatience atteignent souvent le comble du ridicule. Et il faut savoir rire de ces belles improvisations. Mais la plupart des gens ignorent tout à fait cet automatisme des émotions ; ils prennent tout naïvement, comme des héros d'Homère. De là des haines qu'il faut appeler imaginaires. J'admire l'assurance d'un homme qui hait. Un arbitre n'écoute guère un témoin qui s'échauffe jusqu'à la fureur. Mais dès qu'un homme est en cause, il se croit lui-même ; il croit tout. Une de nos erreurs les plus étonnantes est d'attendre que la colère laisse sortir une pensée longtemps cachée ; cela n'est pas vrai une fois sur mille ; il faut qu'un homme se possède s'il veut dire ce qu'il pense. Cela est évident, mais l'entraînement, l'emportement, la précipitation à chercher la réplique vous le feront oublier. Le bon abbé Pirard, dans *Le Rouge et le Noir*, prévoit la chose : « Je suis sujet, dit-il à son ami, à prendre de l'humeur ; il se peut que nous cessions de nous parler. » La naïveté ne peut aller plus loin. Quoi ? Si ma colère est un fait de phonographe, j'entends de bile, d'estomac et de gosier, et si je le sais bien, ne puis-je siffler ce mauvais acteur tragique au milieu même de son discours ?

Il est à supposer que les jurons, qui sont des exclamations entièrement dépourvues de sens, ont été inventés comme instinctivement pour donner issue à la colère, sans rien dire de blessant ni d'irréparable. Et nos cochers, dans les encombrements, seraient donc philosophes sans le savoir. Mais il est bien plaisant de voir que parmi ces cartouches à blanc, quelquefois il y en a une qui blesse par hasard. On peut m'injurier en russe, je n'y entends rien. Mais si par hasard je savais le russe ? Réellement toute injure est charabia.

Comprendre bien cela, c'est comprendre qu'il n'y a rien à comprendre.

17 novembre 1913

LXXIII

Bonne humeur

Si j'avais, par aventure, à écrire un traité de morale, je mettrais la bonne humeur au premier rang des devoirs. Je ne sais quelle féroce religion nous a enseigné que la tristesse est grande et belle, et que le sage doit méditer sur la mort en creusant sa propre tombe. Comme j'avais dix ans, je visitai la Grande Trappe ; je vis ces tombes qu'ils creusaient un peu tous les jours, et la chapelle mortuaire où les morts restaient une bonne semaine, pour l'édification des vivants. Ces images lugubres et cette odeur cadavérique me poursuivirent longtemps ; mais ils avaient voulu trop prouver. Je ne puis pas dire au juste, parce que je l'ai oublié, à quel moment et pour quelles raisons je sortis du catholicisme. Mais dès ce moment-là je me dis : « Il n'est pas possible que ce soit là le vrai secret de la vie. » Tout mon être se révoltait contre ces moines pleurards. Et je me délivrai de leur religion comme d'une maladie.

J'ai tout de même l'empreinte. Nous l'avons tous. Nous geignons trop aisément et pour de trop petites causes. Et même, quand les circonstances nous apportent une vraie peine, nous croyons devoir la manifester. Il court à ce sujet de faux jugements qui sentent le sacristain. On pardonnerait tout à un homme qui sait bien pleurer. Aussi il faut voir quelles tragédies sont jouées sur les tombes. L'orateur est comme brisé, et les mots sont pris dans sa gorge. Un ancien aurait pitié de nous. Il se dirait : « Comment ? Ce n'est donc point un consolateur qui parle. Ce n'est donc point un guide pour la vie. Ce n'est qu'un acteur tragique ; un maître de tristesse et de mort. » Et que penserait-il du sauvage *Dies Iræ*. Je crois qu'il renverrait cet hymne à la tragédie. « Car, dirait-il, c'est quand je suis hors de peine que je puis me donner le spectacle des passions déprimantes. C'est alors une bonne leçon pour moi. Mais dès qu'une vraie peine tombe sur moi, je n'ai d'autre devoir alors que de me montrer homme et de serrer fortement la vie ; et de réunir ma volonté et ma vie contre le malheur, comme un guerrier qui fait face à l'ennemi ; et parler des morts avec amitié et joie, autant que je le pourrai. Mais eux, avec leur désespoir, ils feraient rougir les morts, si les morts les voyaient. »

Oui, il nous reste, après avoir écarté les mensonges des prêtres, à prendre la vie noblement, et à ne point nous déchirer nous-mêmes, et les autres par contagion, par des déclamations tragiques. Et encore bien mieux, car tout se tient, contre les petits maux de la vie, ne point les raconter, les étaler ni les grossir. Être bon avec les autres et avec soi. Les aider à vivre, s'aider soi-même à vivre, voilà la vraie charité. La bonté est joie. L'amour est joie.

10 octobre 1909

LXXIV

Une cure

Après qu'ils eurent raconté leurs bains, leurs douches et leurs régimes : « Moi, dit l'autre, je fais depuis quinze jours une cure de bonne humeur, et je m'en trouve très bien. Il y a des temps où les pensées deviennent âcres, où l'on critique tout avec fureur, où l'on ne voit plus rien de beau ou de bien, ni dans les autres, ni dans soi-même. Quand les idées tournent de ce côté-là, cela signifie qu'il faut faire une cure de bonne humeur. Cela consiste à exercer sa bonne humeur contre toute mauvaise fortune et surtout contre les choses de peu, qui vous feraient partir en imprécations, si l'on n'était justement dans la cure de bonne humeur. Alors, ces petits ennuis sont au contraire très utiles, comme les côtes pour vous faire des mollets. »

« Il y a, dit encore l'autre, des gens ennuyeux qui se réunissent pour récriminer et geindre ; on les fuit en temps ordinaire ; mais dans la cure de bonne humeur, au contraire, on les recherche ; ils sont comme ces ressorts pour la gymnastique en chambre. Après avoir tiré sur les plus petits pour commencer, on arrive à tendre les gros. De même je range mes amis et connaissances par ordre de mauvaise humeur croissante, et je m'exerce aux uns après les autres. Quand ils sont encore plus aigres que d'habitude, plus ingénieux à cracher dans tous les plats, je me dis : "Oh ! la bonne épreuve ; courage, mon cœur ; va ; soulève encore cette plainte-là."

« Les choses, dit encore l'autre, sont souvent bonnes aussi, je veux dire mauvaises, autant qu'il faut pour une cure de bonne humeur. Un ragoût brûlé, du vieux pain, le soleil, la poussière, des comptes à faire, la bourse presque à sec, cela donne lieu à de précieux exercices. On se dit, comme à la boxe ou à l'escrime : voilà un maître coup qui m'arrive ; il s'agit de le parer ou de l'encaisser proprement. En temps ordinaire, on se met à crier, comme les enfants, et l'on est si honteux de crier que l'on crie encore plus fort. Mais, en cure de bonne humeur, les choses se passent tout à fait autrement ; on reçoit la chose comme une bonne douche ; on se secoue ; on hausse les épaules en deux temps ; et puis on étire ses muscles, on les assouplit ; on les jette les uns sur les autres comme des linges mouillés ; alors le flot de la vie coule ainsi qu'une source délivrée ; l'appétit va ; la lessive se fait, la vie sent bon. Mais, dit-il, je vous laisse ; vous avez maintenant des figures épanouies ; vous n'êtes plus bons à rien pour ma cure de bonne humeur. »

24 septembre 1911

LXXV

Hygiène de l'esprit

Je lisais hier un article sur une certaine espèce de fous à opinions, qui, à force de voir les choses toujours sous le même angle, finissent par se croire persécutés, et sont bientôt dangereux et bons à enfermer. Cette lecture, qui me jetait dans de tristes pensées, (quoi de plus triste à considérer qu'un fou ?) me rappela pourtant une bonne réponse que j'avais entendue. Comme on parlait, en présence d'un sage, d'un demi-fou à persécutions qui, par surcroît, avait toujours froid aux pieds, ce sage dit : « Défaut de circulation dans le sang, et de circulation dans les idées. » Le mot est bon à méditer.

Il est sûr que chacun de nous a des pensées de fou autant qu'on voudra, comme rêves ou associations burlesques entre des images. C'est le langage intérieur surtout qui trébuche, et qui, par une faute de prononciation, nous jette souvent à quelque idée absurde. Seulement nous n'y restons pas. Chez l'homme normal, il se fait un continuel changement d'idées, comme dans un vol de moucherons. Et nous oublions tellement toutes nos folies que nous ne serions jamais capables de répondre exactement à cette question qui paraît si simple : « À quoi pensez-vous ? » Cette circulation des idées conduit souvent à une certaine futilité et puérilité. Elle est pourtant la santé même de l'esprit. Et, si j'avais à choisir, j'aimerais mieux être insouciant que maniaque.

Je ne sais si ceux qui instruisent les enfants et les hommes ont assez réfléchi là-dessus. À les entendre, on croirait que le principal est d'avoir des idées bien cimentées et bien lourdes à remuer. À quoi ils nous habituent de bonne heure par leurs ridicules exercices de mémoire ; et nous traînons toute notre vie des chapelets de mauvais vers et de maximes creuses qui nous font buter à chaque pas. Dans la suite, on nous enferme dans quelque spécialité à litanies. On nous dresse à remâcher. Et cela devient dangereux par l'âge, dès que nos humeurs donnent de l'amertume à nos pensées. Nous récitons mentalement notre tristesse, comme nous récitions la géographie en vers.

Qu'on dénoue les esprits, au contraire. Je donnerais comme règle d'hygiène : « N'aie jamais deux fois la même pensée. » À quoi l'hypocondriaque dira : « Je n'y peux rien ; c'est que mon cerveau est fait ainsi et arrosé de sang plus ou moins. » C'est clair. Mais nous connaissons justement une méthode pour masser le cerveau ; il ne faut que changer d'idées ; et ce n'est pas difficile, si l'on y est entraîné. Il y a deux pratiques infaillibles pour purger la cervelle. L'une consiste à regarder autour de soi et à se donner comme une douche de spectacles ; il n'en manque jamais. L'autre consiste à remonter des effets aux causes, ce qui est un moyen assuré de chasser les images noires. Car la chaîne des causes et des effets nous emmène en voyage, et tout de suite fort loin ; c'est une autre manière d'interroger l'oracle, comme si, au lieu de rechercher par quelles pensées la Pythie m'a prédit que je finirais avare, je voulais comprendre comment sa bouche a formé ce mot-là plutôt qu'un autre ; me voilà aux voyelles et aux consonnes, et à la pente naturelle qui nous conduit de l'une à l'autre ; toute la phonétique entre en scène. Quelqu'un avait fait un rêve un peu effrayant. Comme je l'invitais à en chercher les vraies causes, qui sont souvent dans des perceptions jointes à de petits malaises, il se lança dans les hypothèses, et je vis qu'il était délivré. La circulation était rétablie.

9 octobre 1909

LXXVI

L'hymne au lait

Je trouve en Descartes cette idée que la passion de l'amour est bonne pour la santé, et la haine, au contraire, mauvaise. Idée connue, mais non assez familière. Pour mieux dire, on n'y croit point. On en rirait, si Descartes n'était presque autant au-dessus de la moquerie que sont Homère ou la Bible. Ce ne serait pourtant pas un petit progrès si les hommes s'avisaient de faire par amour tout ce qu'ils font par haine, choisissant, en ces choses mêlées qui sont hommes, actions et œuvres, toujours ce qui est beau et bon pour l'aimer ; et c'est le plus puissant moyen de rabaisser ce qui est mauvais. En bref, il est meilleur, il est plus juste, il est plus efficace d'applaudir à la bonne musique que de siffler à la mauvaise. Pourquoi ? Parce que l'amour est physiologiquement fort, et la haine physiologiquement faible. Mais le propre des hommes passionnés est de ne pas croire un seul mot de ce que l'on écrit sur les passions.

Il faut donc comprendre par les causes ; et je trouve aussi ces causes en Descartes. Car quel est, dit-il, notre premier amour, notre plus ancien amour, sinon de ce sang enrichi de bonne nourriture, de cet air pur, de cette douce chaleur, enfin de tout ce qui fait croître le nourrisson ? C'est en nos premières années que nous avons appris ce langage de l'amour, d'abord de lui-même à lui-même, et exprimé par ce mouvement, par cette flexion, par ce délicieux accord des organes vitaux accueillant le bon lait. Tout à fait de la même manière que la première approbation fut ce mouvement de la tête qui dit oui à la bonne soupe. Et observez tout au contraire comme la tête et tout le corps de l'enfant disent non à la soupe trop chaude. De la même manière aussi l'estomac, le cœur, le corps entier disent non à tout aliment qui peut nuire, et jusqu'à le rejeter par cette nausée qui est la plus énergique et la plus ancienne expression du mépris, du blâme et de l'aversion. C'est pourquoi, avec la brièveté et la simplicité homériques, Descartes dit que la haine en tout homme est contraire à la bonne digestion.

On peut agrandir, on peut enfler cette idée admirable ; on ne la fatiguera point, on n'en trouvera point les limites. Le premier hymne d'amour fut cet hymne au lait maternel, chanté par tout le corps de l'enfant, accueillant, embrassant, écrémant de tous ses moyens la précieuse nourriture. Et cet enthousiasme à téter est physiologiquement le premier modèle et le vrai modèle de tout enthousiasme au monde. Qui ne voit que le premier exemple du baiser est dans le nourrisson ? Il n'oublie jamais rien de cette piété première ; il baise encore la croix. Car il faut bien que nos signes soient de notre corps. Et pareillement le geste de maudire est l'ancien geste des poumons qui refusent l'air vicié, de l'estomac qui rejette le lait aigre, de tous les tissus en défense. Quel profit peux-tu espérer de ton repas, ô liseur imprudent, si la haine assaisonne les plats ? Que ne lis-tu le *Traité des Passions de l'Âme* ? Il est vrai que ton libraire ne sait pas seulement ce que c'est, et que ton psychologue ne le sait guère mieux. C'est presque tout que de savoir lire.

21 janvier 1924

LXXVII

Amitié

Il y a de merveilleuses joies dans l'amitié. On le comprend sans peine si l'on remarque que la joie est contagieuse. Il suffit que ma présence procure à mon ami un peu de vraie joie pour que le spectacle de cette joie me fasse éprouver à mon tour une joie ; ainsi la joie que chacun donne lui est rendue ; en même temps des trésors de joie sont mis en liberté, et tous deux se disent : j'avais en moi du bonheur dont je ne faisais rien.

La source de la joie est au-dedans, j'en conviens ; et rien n'est plus attristant que de voir des gens mécontents d'eux et de tout, qui se chatouillent les uns les autres pour se faire rire. Mais il faut dire aussi que l'homme content, s'il est seul, oublie bientôt qu'il est content ; toute sa joie est bientôt endormie ; il en arrive à une espèce de stupidité et presque d'insensibilité. Le sentiment intérieur a besoin de mouvements extérieurs. Si quelque tyran m'emprisonnait pour m'apprendre à respecter les puissances, j'aurais comme règle de santé de rire tout seul tous les jours ; je donnerais de l'exercice à ma joie comme j'en donnerais à mes jambes.

Voici un paquet de branches sèches. Elles sont inertes en apparence comme la terre ; si vous les laissez là, elles deviendront terre. Pourtant elles enferment une ardeur cachée qu'elles ont prise au soleil. Approchez d'elles la plus petite flamme et bientôt vous aurez un brasier crépitant. Il fallait seulement secouer la porte et réveiller le prisonnier.

C'est ainsi qu'il faut une espèce de mise en train pour éveiller la joie. Lorsque le petit enfant rit pour la première fois, son rire n'exprime rien du tout ; il ne rit pas parce qu'il est heureux ; je dirais plutôt qu'il est heureux parce qu'il rit ; il a du plaisir à rire, comme il en a à manger ; mais il faut d'abord qu'il mange. Cela n'est pas vrai seulement pour le rire ; on a besoin aussi de paroles pour savoir ce que l'on pense. Tant qu'on est seul on ne peut être soi. Les nigauds de moralistes disent qu'aimer c'est s'oublier ; vue trop simple ; plus on sort de soi-même et plus on est soi-même ; mieux aussi on se sent vivre. Ne laisse pas pourrir ton bois dans ta cave.

27 décembre 1907

LXXVIII

De l'irrésolution

Descartes dit que l'irrésolution est le plus grand des maux. Il le dit plus d'une fois, il ne l'explique jamais. Je ne connais point de plus grande lumière sur la nature de l'homme. Toutes les passions, tout leur stérile mouvement s'expliquent par là. Les jeux de hasard, si mal connus en leur puissance, qui est sur le haut de l'âme, plaisent parce qu'ils entretiennent le pouvoir de décider. C'est comme un défi à la nature des choses, qui met tout presque égal, et qui nourrit sans fin nos moindres délibérations. Dans le jeu, tout est égal à la rigueur et il faut choisir. Ce risque abstrait est comme une insulte à la réflexion ; il faut sauter le pas. Le jeu répond aussitôt ; et l'on ne peut avoir de ces repentirs qui empoisonnent nos pensées ; on n'en peut avoir parce qu'il n'y avait pas de raison. On ne dit point : « Si j'avais su », puisque la règle est qu'on ne peut savoir. Je ne m'étonne pas que le jeu soit le seul remède à l'ennui ; car l'ennui est principalement de délibérer, tout en sachant bien qu'il est inutile de délibérer.

On peut se demander de quoi souffre un homme amoureux qui ne dort point, ou bien l'ambitieux déçu. Ce genre de mal est tout dans la pensée, quoiqu'on puisse dire aussi qu'il est tout dans le corps. Cette agitation qui chasse le sommeil ne vient que de ces vaines résolutions qui ne décident rien, et qui sont lancées à chaque fois dans le corps, et qui le font sauter comme poisson sur l'herbe. Il y a de la violence dans l'irrésolution. « C'est dit ; je romprai tout » ; mais la pensée offre aussitôt des moyens d'accommoder. Les effets paraissent, d'un parti et de l'autre, sans jamais aucun progrès. Le bénéfice de l'action réelle est que le parti que l'on n'a point pris est oublié, et, à parler proprement, n'a plus lieu, parce que l'action a changé tous les rapports. Mais agir en idée, ce n'est rien, et tout reste en l'état. Il y a du jeu dans toute action ; car il faut bien terminer les pensées avant qu'elles aient épuisé leur sujet.

J'ai souvent pensé que la peur, qui est la passion nue, et la plus pénible, n'est autre chose que le sentiment d'une irrésolution, si je puis dire, musculaire. L'on se sent sommé d'agir et incapable. Le vertige offre un visage de la peur encore mieux nettoyé, puisque le mal ne vient ici que d'un doute qu'on ne peut surmonter. Et c'est toujours par trop d'esprit que l'on souffre de peur. Certainement le pire dans les maux de ce genre, comme aussi dans l'ennui, est que l'on se juge incapable de s'en délivrer. L'on se pense machine et l'on se méprise. Tout Descartes est rassemblé en ce jugement souverain où les causes se montrent et aussi le remède. Vertu militaire ; et je comprends que

Descartes ait voulu servir. Turenne remuait toujours, et ainsi se guérissait du mal d'irrésolution, et le donnait à l'ennemi.

Descartes en ses pensées est tout de même. Hardi en ses pensées et toujours se mouvant par son décret; toujours décidant. L'irrésolution d'un géomètre serait profondément comique, car elle serait sans fin. Combien de points dans une ligne ? Et sait-on ce que l'on pense lorsque l'on pense deux parallèles ? Mais le génie du géomètre décide qu'on le sait et jure seulement de ne point changer ni revenir. On ne verra rien d'autre en une théorie, si l'on regarde bien, que des erreurs définies et jurées. Toute la force de l'esprit dans ce jeu est de ne jamais croire qu'il constate, alors qu'il a seulement décidé. Là se trouve le secret d'être toujours assuré sans jamais rien croire. Il a résolu, voilà un beau mot, et deux sens en un.

10 août 1924

LXXIX

Cérémonies

Si l'irrésolution est le pire des maux, on comprend que la cérémonie, la fonction, le costume, la mode soient les dieux de ce monde. Toute improvisation irrite, non pas tant par l'idée de ce qu'on pourrait faire ou dire d'autre, mais plutôt par le mélange de deux actions dans le corps, ce qui affole nos serviteurs les muscles, et par un prompt effet, le cœur, notre tyran. Un homme surpris et mis en demeure est un malade. C'est pourquoi la liberté rend l'homme méchant. L'enfant le montre ; il n'y a point de jeu libre qui ne tourne au brutal. Sur quoi l'on se tromperait bien si l'on supposait de mauvais instincts toujours bandés comme des arcs, et que la loi réprime. Mais la loi plaît, et au contraire l'absence de loi déplaît et irrite par l'irrésolution, ce qui jette à l'extravagance. L'homme nu est frénétique. Le costume est déjà une loi et, toute loi plaît comme un costume. Louis XIV eut un pouvoir étonnant et en apparence inexplicable sur ceux qui l'approchaient ; cela venait de toutes ces lois qu'il établissait, pour lever, coucher, chaise percée. Il ne faut point dire que c'est parce qu'il avait puissance qu'il imposait ces lois ; mais au contraire, il faut dire qu'il avait puissance parce qu'il était lui-même loi ; chacun autour savait toujours, à un pas près, ce qu'il avait à faire ; d'où quelque idée de la paix égyptienne.

La guerre a tout pour déplaire ; mais le raisonnement se trompe là ; c'est que les hommes y trouvent aussitôt la paix ; je dis la vraie paix, celle qui habite en notre peau. Chacun sait ce qu'il a à faire. La raison vainement évoque le malheur, mais elle n'effraie point ; elle n'arrive pas à recouvrir un fond d'allégresse ; chacun voit une fonction bien définie, qui est son lot, et des actions qu'il ne peut remettre ; toute sa pensée y court, et le corps suit ; et ce consentement fait aussitôt un état de choses humaines, qu'il faut subir, comme on fait d'un cyclone. On s'étonne que les pouvoirs obtiennent tant ; mais ils obtiennent beaucoup justement parce qu'ils demandent beaucoup. Ainsi est la règle monastique qui guérit si bien l'irrésolution. Ce n'est rien de conseiller la prière ; il faut ordonner telle prière, à telle heure. La sagesse propre aux pouvoirs en vient toujours à un commandement tout sec, sans aucune raison. La moindre raison fera naître aussitôt deux pensées et mille. Certes il est agréable de penser ; mais il faut que le plaisir de penser se paie de l'art de décider. Ce modèle de l'homme est en Descartes ; et l'on sait qu'il fit la guerre, on ne peut dire pour son plaisir, mais par une méthode de se délivrer des pensées qui le touchaient trop.

On voudrait rire de la mode ; mais la mode est quelque chose de très sérieux. L'esprit se donne l'air de mépriser, mais il met d'abord une cravate. L'uniforme et le froc font voir des effets étonnants pour calmer. Ce sont des vêtements de sommeil ; ce sont des plis de la douce paresse, de la plus douce paresse, celle qui agit sans penser. La mode va à la même fin, mais en ménageant la joie de choisir, qui est toute en imagination. Les couleurs attirent, mais la nécessité de choisir ferait peur. Ici le mal n'est montré que pour mieux faire goûter le remède, comme au théâtre. D'où cette sécurité hier en rouge et retrouvée en bleu. C'est un accord d'opinion, et c'est l'accord qui fait preuve. D'où une sérénité qui réellement embellit. Car il est vrai que le jaune ne va guère aux blondes, ni le vert aux brunes. Mais la grimace de l'inquiétude, de l'envie et du regret ne va à personne.

26 septembre 1923

LXXX

Bonne année

Tous ces cadeaux, en temps d'étrennes, arrivent à remuer plus de tristesses que de joies. Car personne n'est assez riche pour entrer dans l'année nouvelle sans faire beaucoup d'additions ; et plus d'un gémira en secret sur les nids à poussière qu'il aura reçus des uns et des autres, et qu'il aura donnés aux uns et aux autres, pour enrichir les marchands. J'entends encore cette petite fille, dont les parents ont beaucoup d'amis, et qui disait, en considérant le premier buvard qu'elle recevait à une fin d'année : « Bon, voilà les buvards qui arrivent. » Il y a bien de l'indifférence, et aussi des colères rentrées, dans cette fureur de donner. L'obligation gâte tout. Et en même temps les bonbons de chocolat chargent l'estomac et nourrissent la misanthropie. Bah ! Donnons vite, et mangeons vite ; ce n'est qu'un moment à passer.

Venons au sérieux. Je vous souhaite la bonne humeur. Voilà ce qu'il faudrait offrir et recevoir. Voilà la vraie politesse qui enrichit tout le monde, et d'abord celui qui donne. Voilà le trésor qui se multiplie par l'échange. On peut le semer le long des rues, dans les tramways, dans les kiosques à journaux ; il ne s'en perdra pas un atome. Elle poussera et fleurira partout où vous l'aurez jetée. Quand il se fait, à quelque carrefour, un entrelacement de voitures, ce ne sont que jurons et invectives, et les chevaux tirent de toutes leurs forces, ce qui fait que le mal s'aggrave de lui-même. Tout embarras est ainsi ; facile à démêler si l'on voulait sourire, mesurer ses efforts, détendre un peu toutes les colères qui tirent à hue et à dia, mais bientôt nœud gordien, au contraire, si l'on tire en grinçant des dents sur tous les bouts de corde. Madame grince ; la cuisinière grince ; le gigot sera trop cuit ; de là des discours furibonds. Pour que tous ces Prométhées fussent déliés et libres, il ne fallait pourtant qu'un sourire au bon moment. Mais personne ne songe à une chose aussi simple. Tous travaillent à bien tirer sur la corde qui les étrangle. La vie en commun multiplie les maux. Vous entrez dans un restaurant. Vous jetez un regard ennemi au voisin, un autre au menu, un autre au garçon. C'en est fait. La mauvaise humeur court d'un visage à l'autre ; tout se heurte autour de vous ; il y aura peut-être des verres cassés, et le garçon battra sa femme ce soir. Saisissez bien ce mécanisme et cette contagion ; vous voilà magicien et donneur de joie ; dieu bienfaisant partout. Dites une bonne parole, un bon merci ; soyez bon pour le veau froid ; vous pourrez suivre cette vague de bonne humeur jusqu'aux plus petites plages ; le garçon interpellera la cuisine d'un autre ton, et les gens passeront autrement entre les chaises ; ainsi la vague de bonne humeur s'élargira autour de vous, allégera toutes choses et vous-même. Cela est sans fin. Mais veillez bien au départ. Commencez bien la journée, et commencez bien l'année. Quel tumulte dans cette rue étroite ! que d'injustices, que de violences ! le sang coule ; il faudra que les juges s'en mêlent. Tout cela pouvait être évité par la prudence d'un seul cocher, par un tout petit mouvement de ses mains. Sois donc un bon cocher. Donne-toi de l'aise sur ton siège, et tiens ton cheval en main.

2 janvier 1910

LXXXI

Vœux

Tous ces souhaits et tous ces vœux, floraison de janvier, ce ne sont que des signes ; soit. Mais les signes importent beaucoup. Les hommes ont vécu pendant des siècles de siècles d'après des signes, comme si tout l'univers, par les nuages, la foudre et les oiseaux, leur souhaitait bonne chasse ou mauvais voyage. Or, l'univers n'annonce qu'une certaine chose après une autre ; et l'erreur était seulement d'interpréter ce monde comme un visage qui aurait approuvé ou blâmé. Nous sommes à peu près guéris de nous demander si l'univers a une opinion, et laquelle. Mais nous ne serons jamais guéris de nous demander si nos semblables ont une opinion, et laquelle. Nous n'en serons jamais guéris, parce que cette opinion, dès qu'elle est signifiée, change profondément la nôtre.

Chose digne de remarque, on se trouve plus fort contre une opinion appuyée de raisons, et en paroles explicites, que contre une opinion muette. Le premier genre d'opinion, qui est conseil, il faut souvent le mépriser ; l'autre, on ne peut le mépriser. Il nous prend plus bas ; et, comme nous ne savons pas comment il nous prend, nous ne savons pas nous en déprendre. Il y a de ces visages qui portent affiché comme un blâme universel. En ce cas, fuyez si vous pouvez. Car il faut que l'homme imite l'homme ; et me voilà, par le jeu de mon visage et sans que je puisse m'en rendre compte, me voilà moi aussi à blâmer. À blâmer quoi ? Je n'en sais rien. Mais cette couleur triste éclaire toutes mes idées et tous mes projets. Je cherche des raisons en ces idées mêmes et en ces projets mêmes. Je cherche des raisons et j'en trouve toujours, car tout est compliqué et il y a des risques partout. Et, comme enfin il faut agir et se risquer, quand ce ne serait que pour traverser une rue, j'agis sans confiance, c'est-à-dire moins vivement, moins librement. Un homme qui a l'idée qu'il va se faire écraser n'est point aidé par là, mais au contraire paralysé. Dans les affaires plus longues, plus composées, plus incertaines, l'effet de ces pressentiments que l'on reçoit d'un visage ennemi est encore plus sensible. Un certain œil sera toujours sorcier.

J'en reviens à cette fête de la politesse, qui est une importante fête. Dans le temps où chacun regarde cet avenir sur carton, que le facteur nous apporte, il est très mauvais que ces semaines et ces mois, que nous ne pouvons connaître tels qu'ils seront, soient teints d'humeur chagrine. Bonne règle donc, qui veut que chacun soit bon prophète ce jour-là, que chacun élève les couleurs de l'amitié. Un pavillon au vent peut réjouir l'homme ; il ne sait pas du tout quelle était l'humeur de l'autre homme, de celui qui a hissé le pavillon. Encore bien mieux, cette joie affichée sur les visages est bonne pour tous ; et, encore mieux, de gens que je ne connais guère ; car je ne discute pas alors les signes ; je les prends comme ils sont ; c'est le mieux. Et il est profondément vrai qu'un signe joyeux dispose à la joie celui qui le lance. D'autant que par l'imitation ces signes sont renvoyés sans fin. Ne dites point que la joie des enfants est pour les enfants. Même sans réflexion, même sans affection aucune, nous faisons grande attention aux signes des enfants ; chacun ici est nourrice ; chacun commence ici le jeu d'imiter en vue de comprendre, par quoi on instruit les enfants.

Ce jour de fête vous sera bon, que vous le vouliez ou non. Mais, si vous le voulez, si vous retournez de toutes les façons cette grande idée de la politesse, alors la fête sera vraiment fête pour vous. Car, disposant vos pensées selon les signes, vous prendrez quelque forte résolution de ne jamais lancer, le long de ces mois à venir, aucun signe empoisonné, ni aucun présage qui puisse diminuer la joie de quelqu'un ; ainsi d'abord vous serez fort contre tous ces petits maux qui ne sont rien, et dont la déclamation triste fait pourtant quelque chose. Et, par ce bonheur en espoir, vous serez heureux tout de suite. C'est ce que je vous souhaite.

20 décembre 1926

LXXXII

La politesse

La politesse s'apprend comme la danse. Celui qui ne sait pas danser croit que le difficile est de connaître les règles de la danse et d'y conformer ses mouvements ; mais ce n'est que l'extérieur de la chose ; il faut arriver à danser sans raideur, sans trouble, et par conséquent sans peur. De même c'est peu de chose de connaître les règles de la politesse ; et, même si on s'y conforme, on ne se trouve encore qu'au seuil de la politesse. Il faut que les mouvements soient précis, souples, sans raideur ni tremblement ; car le moindre tremblement se communique. Et qu'est-ce qu'une politesse qui inquiète ?

J'ai remarqué souvent un son de voix qui est par lui-même impoli ; un maître de chant dirait que la gorge est serrée et que les épaules ne sont pas assez assouplies. La démarche même des épaules rend impoli un acte poli. Trop de passion ; assurance cherchée ; force rassemblée. Les maîtres d'armes disent toujours : « Trop de force » ; et l'escrime est une sorte de politesse, qui conduit aisément à toute la politesse. Tout ce qui sent le brutal et l'emporté est impoli ; les signes suffisent ; la menace suffit. On pourrait dire que l'impolitesse est toujours une sorte de menace. La grâce féminine se replie alors et cherche protection. Un homme qui tremble, par sa force mal disciplinée, que dira-t-il s'il s'anime et s'emporte ? C'est pourquoi il ne faut point parler fort. Qui voyait Jaurès dans un salon voyait un homme peu soucieux de l'opinion et des usages, et souvent mal cravaté ; mais la voix était toute une politesse, par une douceur chantante où l'oreille ne découvrait aucune force ; chose miraculeuse, car chacun avait souvenir de cette dialectique métallique et de ce rugissement, voix du peuple lion. La force n'est pas contraire à la politesse ; elle l'orne ; c'est puissance sur puissance.

Un homme impoli est encore impoli quand il est seul ; trop de force dans le moindre mouvement. On sent la passion nouée et cette peur de soi qui est timidité. Je me souviens d'avoir entendu un homme timide qui discutait publiquement de grammaire ; son accent était celui de la haine la plus vive. Et, comme les passions se gagnent bien plus vite que les maladies, je ne m'étonne jamais de trouver de la fureur dans les opinions les plus innocentes ; ce n'est souvent qu'une sorte de terreur qui s'accroît par le son même de la voix, et par de vains efforts contre soi-même. Et il se peut que le fanatisme soit d'abord impolitesse ; car ce que l'on exprime, même sans le vouloir, il faut bien qu'à la fin on le ressente. Ainsi le fanatisme serait un fruit de timidité ; une peur de ne pas bien soutenir ce que l'on croit ; enfin, comme la peur n'est guère supportée, une fureur contre soi et contre tous, qui communique une force redoutable aux opinions les plus incertaines. Observez les timides, et comment ils prennent parti, vous connaîtrez que la convulsion est une étrange méthode de penser. Par ce détour on comprend comment une tasse de thé tenue à la main civilise un homme. Le maître d'armes jugeait d'un tireur à la manière de faire tourner une cuiller dans une tasse de café, sans faire un mouvement de trop.

6 janvier 1922

LXXXIII

Savoir-vivre

Il y a une politesse de courtisan, qui n'est pas belle. Mais aussi ce n'est point de la politesse. Et il me semble que tout ce qui est voulu est hors de la politesse. Par exemple un homme réellement poli pourra traiter durement et jusqu'à la violence un homme méprisable ou méchant ; ce n'est point de l'impolitesse. La bienveillance délibérée n'est pas non plus de la politesse ; la flatterie calculée n'est pas de la politesse. La politesse se rapporte seulement aux actions que l'on fait sans y penser et qui expriment quelque chose que nous n'avons pas l'intention d'exprimer.

Un homme de premier mouvement, qui dit tout ce qui lui vient, qui s'abandonne au premier sentiment, qui marque sans retenue de l'étonnement, du dégoût, du plaisir, avant même de savoir ce qu'il éprouve, est un homme impoli ; il aura toujours à s'excuser, parce qu'il aura troublé et inquiété les autres sans intention, contre son intention.

Il est pénible de blesser quelqu'un sans l'avoir voulu, par un récit à l'étourdie ; l'homme poli est celui qui sent la gêne avant que le mal soit sans remède, et qui change de route élégamment ; mais il y a plus de politesse encore à deviner d'avance ce qu'il faut dire et ce qu'il ne faut pas dire, et, dans le doute, à laisser au maître de la maison la direction des propos. Tout cela pour éviter de nuire sans l'avoir voulu ; car, s'il juge nécessaire de piquer un dangereux personnage au bon endroit, libre à lui ; son acte relève alors de la morale à proprement parler, et non plus de la politesse.

Impolitesse est toujours maladresse. Il est méchant de faire sentir à quelqu'un l'âge qu'il a ; mais si on le fait sans le vouloir, par geste ou physionomie, ou parole trop peu méditée, on est impoli. Marcher sur le pied de quelqu'un est violence si on le fait volontairement ; si c'est involontairement, c'est impolitesse. Les impolitesses sont des ricochets imprévus ; un homme poli les évite et ne touche qu'où il veut toucher ; il n'en touche que mieux. Poli ne veut pas dire flatteur nécessairement.

La politesse est donc une habitude et une aisance. L'impoli c'est celui qui fait autre chose que ce qu'il veut faire, comme s'il accroche des vaisselles ou des bibelots ; c'est celui qui dit autre chose que ce qu'il veut dire, ou qui signifie, par le ton brusque, par la voix forte inutilement, par l'hésitation, par le bredouillement, autre chose que ce qu'il veut signifier. La politesse peut donc s'apprendre, comme l'escrime. Un fat est un homme qui signifie sans savoir quoi, par extravagance voulue. Un timide est un homme qui voudrait bien ne pas être fat, mais qui ne sait comment faire, parce qu'il aperçoit l'importance des actes et des paroles ; aussi le voyez-vous se resserrer et se contracter, afin de s'empêcher d'agir et de parler ; effort prodigieux sur lui-même, qui le rend tremblant, suant et rouge, et encore plus maladroit qu'il ne serait au naturel. La grâce, au contraire, est un bonheur d'expression et de mouvement qui n'inquiète et ne blesse personne. Et les qualités de ce genre importent beaucoup pour le bonheur. Un art de vivre ne doit point les négliger.

21 mars 1911

LXXXIV

Faire plaisir

Je parlais d'un « art de vivre » qu'il faudrait enseigner. J'y mettrais cette règle : « faire plaisir ». Elle me fut proposée par un homme que j'ai connu assez vif de ton, et qui a réformé son caractère. Une telle règle étonne au premier moment. Faire plaisir, n'est-ce pas être menteur, flatteur, courtisan ? Entendons bien la règle ; il s'agit de faire plaisir toutes les fois que cela est possible sans mensonge ni bassesse. Or, presque toujours cela nous est possible. Quand nous disons quelque vérité désagréable, avec une voix aigre et le sang au visage, ce n'est qu'un mouvement d'humeur, ce n'est qu'une courte maladie que nous ne savons pas soigner ; en vain nous voulons ensuite y avoir mis du courage ; cela est douteux, si nous n'avons risqué beaucoup, et, d'abord, si nous n'avons pas délibéré. D'où je tirerais ce principe de morale :

« Ne sois jamais insolent que par volonté délibérée, et seulement à l'égard d'un homme plus puissant que toi. » Mais sans doute vaut-il mieux dire le vrai sans forcer le ton, et même, dans le vrai, choisir ce qui est louable.

Il y a à louer presque dans tout ; car les vrais mobiles, nous les ignorons toujours, et il n'en coûte rien de supposer plutôt modération que lâcheté, plutôt amitié que prudence. Surtout avec les jeunes, mettez tout au mieux dans ce qui n'est que supposition, et faites-leur un beau portrait d'eux-mêmes ; ils se croiront ainsi ; ils seront bientôt ainsi ; au lieu que la critique ne sert jamais à rien. Par exemple, si c'est un poète, retenez et citez les plus beaux vers ; si c'est un politique, louez-le pour tout le mal qu'il n'a pas fait.

Il me revient ici un récit d'école maternelle. Un tout petit garnement, qui ne faisait jusque-là que mauvaises farces et gribouillage, un jour fit proprement le tiers d'une page de bâtons. La maîtresse passait dans les bancs et donnait des bons points ; comme elle ne remarquait seulement pas ce tiers de page tracé avec tant de peine : « Ah ben m… alors ! » dit le petit garnement ; et il dit la chose tout crûment, car cette école n'est pas au faubourg Saint-Germain. Sur quoi la maîtresse revint à lui et lui donna un bon point sans autre commentaire ; il s'agissait de bâtons et non de beau langage.

Mais ce sont des cas difficiles. Il y en a tant d'autres où l'on peut toujours, sans hésitation, sourire et se montrer poli et prévenant. Si l'on vous bouscule un peu dans une foule, ayez comme règle d'en rire ; le rire dissout la bousculade, car chacun rougit d'une petite colère qui lui venait. Et vous, vous échappez peut-être à une grande colère, c'est-à-dire à une petite maladie.

C'est ainsi que je concevrais la politesse ; ce n'est qu'une gymnastique contre les passions. Être poli c'est dire ou signifier, par tous ses gestes et par toutes ses paroles :

« Ne nous irritons pas ; ne gâtons pas ce moment de notre vie. » Est-ce donc bonté évangélique ? Non. Je ne pousserais point jusque-là ; il arrive que la bonté est indiscrète et humilie. La vraie politesse est plutôt dans une joie contagieuse, qui adoucit tous les frottements. Et cette politesse n'est guère enseignée. Dans ce que l'on appelle la société polie, j'ai vu bien des dos courbés, mais je n'ai jamais vu un homme poli.

8 mars 1911

LXXXV

Platon médecin

Gymnastique et musique étaient les deux grands moyens de Platon médecin. Gymnastique signifie travail modéré des muscles sur eux-mêmes, en vue de les étirer et masser intérieurement selon leur forme. Les muscles souffrants ressemblent à des éponges chargées de poussière ; on nettoie les muscles comme les éponges, en les gonflant de liquide et en les pressant plus d'une fois. Les physiologistes ont assez dit que le cœur est un muscle creux ; mais, puisque les muscles enferment un riche réseau de vaisseaux sanguins, qui sont alternativement comprimés et dilatés par la contraction et le relâchement, on pourrait bien dire aussi que chaque muscle est une sorte de cœur spongieux dont les mouvements, précieuse ressource, peuvent être réglés par volonté. Aussi voit-on que ceux qui ne sont point maîtres de leurs muscles par gymnastique, et que l'on appelle les timides, sentent en eux-mêmes des ondes sanguines déréglées qui se portent vers les parties molles, ce qui fait que tantôt leur visage rougit sans raison, tantôt leur cerveau est envahi par un sang trop pressé, ce qui leur donne de courts délires, tantôt leurs entrailles sont comme inondées, malaise bien connu ; contre quoi un exercice réglé des muscles est assurément le meilleur remède. Et c'est ici que l'on voit apparaître la musique sous la forme du maître à danser, qui, par son petit crin-crin, règle au mieux la circulation viscérale. Ainsi la danse guérit de la timidité comme chacun sait, mais soulage le cœur d'autre manière encore, en étirant les muscles modérément et sans secousse.

Quelqu'un qui souffrait de la tête me disait ces jours-ci que les mouvements de mastication, pendant les repas, le soulageaient aussitôt. Je lui dis : « Il faut donc mâcher de la gomme, à la manière des Américains. » Mais je ne sais s'il l'a essayé. La douleur nous jette aussitôt dans des conceptions métaphysiques ; au siège de la douleur nous imaginons un mal, être fantastique qui s'est introduit sous notre peau, et que nous voudrions chasser par sorcellerie. Il nous paraît invraisemblable qu'un mouvement réglé des muscles efface la douleur, monstre rongeant ; mais il n'y a point, en général, de monstre rongeant ni rien qui y ressemble ; ce sont de mauvaises métaphores. Essayez de rester longtemps sur un pied, vous constaterez qu'il ne faut pas un grand changement pour produire une vive douleur, ni un grand changement pour la faire disparaître. Dans tous les cas, ou presque, c'est une certaine danse qu'il s'agit d'inventer. Chacun sait bien que c'est un bonheur d'étirer ses muscles et de bâiller librement ; mais on n'a point l'idée de l'essayer par gymnastique, afin de mettre en train ce mouvement libérateur. Et ceux qui n'arrivent pas à dormir devraient mimer l'envie de dormir et le bonheur de se détendre. Mais, tout au contraire, ils miment l'impatience, l'anxiété, la colère. Ici sont les racines de l'orgueil, toujours trop puni. C'est pourquoi, empruntant le bonnet d'Hippocrate, j'essaie de décrire la vraie modestie, sœur d'hygiène, et fille de gymnastique et de musique.

4 février 1922

LXXXVI

L'art de se bien porter

L'égalité d'âme ne reçoit pas, en général, de récompenses extérieures ; mais elle est certainement favorable à la santé. Un homme heureux se laisse oublier ; la gloire le viendra chercher quarante ans après sa mort. Mais contre la maladie, plus intime que l'envie et bien plus redoutable, le bonheur est la meilleure arme. Contre quoi l'homme triste trouve à dire que le bonheur est un effet et non une cause ; c'est trop simplifier. La force fait qu'on aime la gymnastique ; mais la gymnastique volontaire donne force. Bref, il y a certainement une attitude viscérale, s'il est permis d'ainsi dire, qui favorise le combat et l'élimination, et une autre, contraire, qui étrangle et empoisonne celui qui la prend. Sans doute on ne peut pas étirer et masser ses propres viscères comme on étend les doigts ; mais comme la joie est le signe évident d'une bonne attitude viscérale, on peut parier que toutes les pensées qui vont à la joie disposent aussi à la santé. Il faudrait donc se réjouir lorsque l'on est malade ? Mais cela, dites-vous, est absurde et impossible. Attendez. On a assez dit que l'existence de l'homme de guerre, les projectiles mis à part, était bonne pour la santé. J'ai pu m'en rendre compte, ayant mené pendant trois ans l'existence du lapin de garenne, qui fait trois tours dans la rosée, et rentre en son trou au moindre bruit. Trois années sans ressentir autre chose que la fatigue et le besoin de dormir. Or, j'avais l'estomac de mon siècle, et je traînais une maladie mortelle depuis mon âge de vingt ans, comme tous ceux qui pensent sans agir. On a bientôt dit que cette prospérité du corps tient à l'air campagnard et à la vie active ; mais j'aperçois d'autres causes. Un caporal d'infanterie, le même qui me disait :

« Nous n'avons plus peur ; nous n'avons plus que des transes », vint un jour à mon abri avec un visage qui exprimait le bonheur. « Cette fois, dit-il, je suis malade. J'ai la fièvre ; le major me l'a dit ; je le revois demain. C'est peut-être la typhoïde ; je ne tiens plus debout ; le paysage tourne. Enfin c'est l'hôpital. Après deux ans et demi de boue, j'ai bien mérité cette chance-là. » Mais je voyais bien que la joie le guérissait. Le lendemain il n'était plus question de fièvre, mais bien de traverser les agréables ruines de Flirey, et pour gagner une position encore pire.

Ce n'est pas une faute d'être malade ; la discipline ne peut rien dire contre, ni l'honneur. Quel est le soldat qui n'a point guetté en lui-même, dans les transports de l'espérance, les symptômes d'une maladie, même mortelle ? On finit par penser, en ces jours atroces, qu'il est bien agréable de mourir de maladie. De telles pensées sont bien fortes contre toute maladie. La joie dispose le corps, en son intérieur, mieux que le plus habile médecin ne saurait faire. Ce n'est plus cette peur d'être malade qui aggrave tout. S'il y eut, comme on dit, des solitaires qui attendaient la mort comme une grâce de Dieu, je ne m'étonne pas qu'ils soient morts centenaires. Cette durée que nous admirons chez les vieillards, quand ils ont fini de s'intéresser à quelque chose, vient sans doute de ce qu'ils ne sentent plus la peur de mourir. Choses qu'il est toujours bon de comprendre, comme il est bon de comprendre que la raideur, qui vient de peur, fait tomber le cavalier. Il y a un genre d'insouciance qui est une grande et puissante ruse.

28 septembre 1921

LXXXVII

Victoires

Dès qu'un homme cherche le bonheur, il est condamné à ne pas le trouver, et il n'y a point de mystère là-dedans. Le bonheur n'est pas comme cet objet en vitrine, que vous pouvez choisir, payer, emporter ; si vous l'avez bien regardé, il sera bleu ou rouge chez vous comme dans la vitrine. Tandis que le bonheur n'est bonheur que quand vous le tenez ; si vous le cherchez dans le monde, hors de vous-même, jamais rien n'aura l'aspect du bonheur. En somme on ne peut ni raisonner ni prévoir au sujet du bonheur ; il faut l'avoir maintenant. Quand il paraît être dans l'avenir, songez-y bien, c'est que vous l'avez déjà. Espérer c'est être heureux.

Les poètes expliquent souvent mal les choses ; et je le comprends bien ; ils ont tant de mal à ajuster les syllabes et les rimes qu'ils sont condamnés à rester dans les lieux communs. Ils disent que le bonheur resplendit tant qu'il est au loin et dans l'avenir, et que, lorsqu'on le tient, ce n'est plus rien de bon ; comme si on voulait saisir l'arc-en-ciel, ou tenir la source dans le creux de sa main. Mais c'est parler grossièrement. Il est impossible de poursuivre le bonheur, sinon en paroles ; et ce qui attriste surtout ceux qui cherchent le bonheur autour d'eux, c'est qu'ils n'arrivent pas du tout à le désirer. Jouer au bridge, cela ne me dit rien, parce que je n'y joue pas. La boxe et l'escrime, de même. La musique, de même, ne peut plaire qu'à celui qui a vaincu d'abord certaines difficultés ; la lecture, de même. Il faut du courage pour entrer dans Balzac ; on commence par s'y ennuyer. Le geste du lecteur paresseux est bien plaisant ; il feuillette, il lit quelques lignes, il jette le livre ; le bonheur de lire est tellement imprévisible qu'un lecteur exercé s'en étonne lui-même. La science ne plaît pas en perspective ; il faut y entrer. Et il faut une contrainte au commencement et une difficulté toujours. Un travail réglé et des victoires après des victoires, voilà sans doute la formule du bonheur. Et quand l'action est commune, comme dans le jeu de cartes, ou dans la musique, ou dans la guerre, c'est alors que le bonheur est vif.

Mais il y a des bonheurs solitaires qui portent toujours les mêmes marques, action, travail, victoire ; ainsi le bonheur de l'avare ou du collectionneur, qui, du reste, se ressemblent beaucoup. D'où vient que l'avarice est prise pour un vice, surtout si l'avare en vient à s'attacher aux vieilles pièces d'or, tandis que l'on admire plutôt celui qui met en vitrine des émaux, ou des ivoires, ou des peintures, ou des livres rares ? On se moque de l'avare qui ne veut pas changer son or pour d'autres plaisirs, alors qu'il y a des collectionneurs de livres qui n'y lisent jamais, de peur de les salir. Dans le vrai, ces bonheurs-là, comme tous les bonheurs, sont impossibles à goûter de loin ; c'est le collectionneur qui aime les timbres-poste, et je n'y comprends rien.

De même c'est le boxeur qui aime la boxe et le chasseur qui aime la chasse, et le politique qui aime la politique. C'est dans l'action libre qu'on est heureux ; c'est par la règle que l'on se donne qu'on est heureux ; par la discipline acceptée en un mot, soit au jeu de football, soit à l'étude des sciences. Et ces obligations, vues de loin, ne plaisent pas, mais au contraire déplaisent. Le bonheur est une récompense qui vient à ceux qui ne l'ont pas cherchée.

18 mars 1911

LXXXVIII

Poètes

C'est une belle amitié que celle de Goethe et de Schiller, que l'on voit dans leurs lettres. Chacun donne à l'autre le seul secours qu'une nature puisse attendre d'une autre, qui est que l'autre la confirme et lui demande seulement de rester soi. C'est peu de prendre les êtres comme ils sont, et il faut toujours en venir là ; mais les vouloir comme ils sont, voilà l'amour vrai. Ces deux hommes donc, chacun poussant au-dehors sa nature exploratrice, ont vu en commun au moins ceci, que les différences sont belles, et que les valeurs s'ordonnent non d'une rose à un cheval, mais d'une rose à une belle rose, et d'un cheval à un beau cheval. On dit bien qu'il ne faut pas disputer des goûts, et cela est vrai si l'un préfère une rose et l'autre un cheval ; mais sur ce qu'est une belle rose ou un beau cheval, on peut disputer parce que l'on peut s'accorder. Toutefois ces exemples sont encore abstraits, quoiqu'ils soient sur le bon chemin, parce que de tels êtres sont encore serfs de l'espèce, ou bien de nous et de nos besoins. Nul ne plaidera pour la musique contre la peinture ; mais on dispute utilement sur le tableau original et la copie, retrouvant dans l'un les signes de la nature libre et se développant de son propre fond, et dans l'autre les cicatrices de l'esclave et le développement par l'idée extérieure. Nos deux poètes devaient sentir ces différences au bout de leur plume. L'admirable c'est que, raisonnant entre eux et s'entretenant souvent de perfection et d'idéal, ils n'aient jamais égaré un seul moment leur génie propre. Chacun d'eux donne bien conseil à l'autre, et cela revient à dire : « Voilà comment j'aurais fait. » Mais en même temps chacun sait bien dire que ce qu'il conseille à l'autre est comme nul pour l'autre. Et l'autre, en réponse, renvoie fortement le conseil au conseiller, résolu à chercher par ses propres voies.

Je suppose que le poète, et tout artiste, est averti, par le bonheur, de ce qu'il peut et ne peut pas ; car le bonheur, comme dit Aristote, est le signe des puissances. Mais cette règle, à ce que je crois, est bonne pour tous. Il n'y a de redoutable au monde que l'homme qui s'ennuie. Tous ceux qui sont dits méchants sont mécontents en cela ; non pas mécontents parce qu'ils sont méchants ; mais plutôt cet ennui qui les suit partout est le signe qu'ils ne développent nullement leur perfection propre, et qu'ainsi ils agissent à la façon des causes aveugles et mécaniques. Au reste, il n'y a sans doute au monde que le fou furieux qui exprime à la fois le plus profond malheur et la pure méchanceté. Toutefois, en ceux que nous appelons méchants, en chacun de nous aussi bien, je remarque quelque chose d'égaré et de mécanique, en même temps que la fureur de l'esclave. Au contraire ce qui est fait avec bonheur est bon. Les œuvres d'art témoignent bien clairement là-dessus. On dit énergiquement d'un trait qu'il est heureux. Mais toute action bonne est elle-même belle et embellit le visage de l'homme. Or, il est universel que l'on ne craigne jamais rien d'un beau visage. D'où je conjecture que les perfections ne se contrarient jamais et qu'il n'y a que les imperfections ou vices qui se battent ; dont la peur est un frappant exemple. Et c'est pourquoi la méthode d'enchaîner, qui est celle du tyran et celle du poltron, m'a toujours paru folle essentiellement, et mère de toute folie. Déliez, délivrez, et n'ayez pas peur. Qui est libre est désarmé.

12 septembre 1923

LXXXIX

Bonheur est vertu

Il y a un genre de bonheur qui ne tient pas plus à nous qu'un manteau. Ainsi le bonheur d'hériter ou de gagner à la loterie ; aussi la gloire, car elle dépend de rencontres. Mais le bonheur qui dépend de nos puissances propres est au contraire incorporé ; nous en sommes encore mieux teints que n'est de pourpre la laine. Le sage des temps anciens, se sauvant du naufrage et abordant tout nu, disait : « Je porte toute ma fortune avec moi. » Ainsi Wagner portait sa musique et Michel-Ange toutes les sublimes figures qu'il pouvait tracer. Le boxeur aussi a ses poings et ses jambes et tout le fruit de ses travaux autrement que l'on a une couronne ou de l'argent. Toutefois il y a plusieurs manières d'avoir de l'argent, et celui qui sait faire de l'argent, comme on dit, est encore riche de lui-même dans le moment qu'il a tout perdu.

Les sages d'autrefois cherchaient le bonheur ; non pas le bonheur du voisin, mais leur bonheur propre. Les sages d'aujourd'hui s'accordent à enseigner que le bonheur propre n'est pas une noble chose à chercher, les uns s'exerçant à dire que la vertu méprise le bonheur, et cela n'est pas difficile à dire ; les autres enseignant que le commun bonheur est la vraie source du bonheur propre, ce qui est sans doute l'opinion la plus creuse de toutes, car il n'y a point d'occupation plus vaine que de verser du bonheur dans les gens autour comme dans des outres percées ; j'ai observé que ceux qui s'ennuient d'eux-mêmes, on ne peut point les amuser ; et au contraire, à ceux qui ne mendient point, c'est à ceux-là que l'on peut donner quelque chose, par exemple la musique à celui qui s'est fait musicien. Bref il ne sert point de semer dans le sable ; et je crois avoir compris, en y pensant assez, la célèbre parabole du semeur, qui juge incapables de recevoir ceux qui manquent de tout. Qui est puissant et heureux par soi sera donc heureux et puissant par les autres encore en plus. Oui les heureux feront un beau commerce et un bel échange ; mais encore faut-il qu'ils aient en eux du bonheur, pour le donner. Et l'homme résolu doit regarder une bonne fois de ce côté-là, ce qui le détourne d'une certaine manière d'aimer qui ne sert point.

M'est avis, donc, que le bonheur intime et propre n'est point contraire à la vertu, mais plutôt est par lui-même vertu, comme ce beau mot de vertu nous en avertit, qui veut dire puissance. Car le plus heureux au sens plein est bien clairement celui qui jettera le mieux par-dessus bord l'autre bonheur, comme on jette un vêtement. Mais sa vraie richesse il ne la jette point, il ne le peut ; non pas même le fantassin qui attaque ou l'aviateur qui tombe ; leur intime bonheur est aussi bien chevillé à eux-mêmes que leur propre vie ; ils combattent de leur bonheur comme d'une arme ; ce qui a fait dire qu'il y a du bonheur dans le héros tombant. Mais il faut user ici de cette forme redressante qui appartient en propre à Spinoza et dire : ce n'est point parce qu'ils mouraient pour la patrie qu'ils étaient heureux, mais au contraire, c'est parce qu'ils étaient heureux qu'ils avaient la force de mourir. Qu'ainsi soient tressées les couronnes de novembre.

5 novembre 1922

XC

Que le bonheur est généreux

Il faut vouloir être heureux et y mettre du sien. Si l'on reste dans la position du spectateur impartial, laissant seulement entrée au bonheur et portes ouvertes, c'est la tristesse qui entrera. Le vrai du pessimisme est en ceci que la simple humeur non gouvernée va au triste ou à l'irrité ; comme on voit par l'enfant inoccupé, et l'on n'attend pas longtemps. L'attrait du jeu, si puissant à cet âge, n'est pas celui d'un fruit qui éveille la faim ou la soif ; mais plutôt j'y vois une volonté d'être heureux par le jeu, comme on voit que sont les autres. Et la volonté trouve ici sa prise, parce qu'il ne s'agit que de se mouvoir, de fouetter la toupie, de courir et de crier ; choses que l'on peut vouloir, parce que l'exécution suit aussitôt. La même résolution se voit dans les plaisirs du monde, qui sont plaisirs par décret, mais qui exigent aussi que l'on s'y mette par le costume et l'attitude, ce qui soutient le décret. Ce qui plaît surtout au citadin dans la campagne, c'est qu'il y va ; l'agir porte le désirer. Je crois que nous ne savons pas bien désirer ce que nous ne pouvons faire, et que l'espérance non aidée est toujours triste. C'est pourquoi la vie privée est toujours triste, si chacun attend le bonheur comme quelque chose qui lui est dû.

Chacun a observé quelque tyran domestique ; et l'on voudrait penser, par une vue trop simple, que l'égoïste fait de son propre bonheur la loi de ceux qui l'entourent ; mais les choses ne vont point ainsi ; l'égoïste est triste parce qu'il attend le bonheur ; même sans aucun de ces petits maux qui ne manquent guère, l'ennui vient ; c'est donc la loi d'ennui et de malheur que l'égoïste impose à ceux qui l'aiment ou à ceux qui le craignent. Au contraire, la bonne humeur a quelque chose de généreux ; elle donne plutôt qu'elle ne reçoit. Il est bien vrai que nous devons penser au bonheur d'autrui ; mais on ne dit pas assez que ce que nous pouvons faire de mieux pour ceux qui nous aiment, c'est encore d'être heureux.

C'est ce que nous apprend la politesse, qui est un bonheur d'apparence, aussitôt ressenti par la réaction du dehors sur le dedans, loi constante et constamment oubliée ; ainsi ceux qui sont polis sont aussitôt récompensés, sans savoir qu'ils sont récompensés. La meilleure flatterie des jeunes, et qui ne manque jamais son effet, c'est qu'ils ne perdent point devant les personnes d'âge cet éclat du bonheur qui est la beauté ; c'est comme une grâce qu'ils font ; et l'on appelle grâce, entre autres sens de ce mot si riche, le bonheur sans cause, et sortant de l'être comme d'une source. Dans la bonne grâce il y a un peu plus d'attention, et aussi d'intention, ce qui arrive quand la richesse du jeune âge n'y suffit plus. Mais, quel que soit le tyran, c'est toujours faire sa cour que de bien manger ou de ne point montrer d'ennui. C'est pourquoi il arrive qu'un tyran triste, et qui semble n'aimer point la joie d'autrui, est souvent vaincu et conquis par ceux en qui la joie est plus forte que tout. Les auteurs aussi plaisent par la joie d'écrire, et l'on dit très bien bonheur d'expression, tour heureux. Tout ornement est de joie. Nos semblables ne nous demandent jamais que ce qui nous est à nous-mêmes le plus agréable. Aussi la politesse a-t-elle reçu le beau nom de savoir-vivre.

10 avril 1923

XCI

L'art d'être heureux

On devrait bien enseigner aux enfants l'art d'être heureux. Non pas l'art d'être heureux quand le malheur vous tombe sur la tête ; je laisse cela aux stoïciens ; mais l'art d'être heureux quand les circonstances sont passables et que toute l'amertume de la vie se réduit à de petits ennuis et à de petits malaises.

La première règle serait de ne jamais parler aux autres de ses propres malheurs, présents ou passés. On devrait tenir pour une impolitesse de décrire aux autres un mal de tête, une nausée, une aigreur, une colique, quand même ce serait en termes choisis. De même pour les injustices et pour les mécomptes. Il faudrait expliquer aux enfants et aux jeunes gens, aux hommes aussi, quelque chose qu'ils oublient trop, il me semble, c'est que les plaintes sur soi ne peuvent qu'attrister les autres, c'est-à-dire en fin de compte leur déplaire, même s'ils cherchent de telles confidences, même s'ils semblent se plaire à consoler. Car la tristesse est comme un poison ; on peut l'aimer, mais non s'en trouver bien ; et c'est toujours le plus profond sentiment qui a raison à la fin. Chacun cherche à vivre, et non à mourir ; et cherche ceux qui vivent, j'entends ceux qui se disent contents, qui se montrent contents. Quelle chose merveilleuse serait la société des hommes, si chacun mettait de son bois au feu, au lieu de pleurnicher sur des cendres !

Remarquez que ces règles furent celles de la société polie ; et il est vrai qu'on s'y ennuyait, faute de parler librement. Notre bourgeoisie a su rendre aux propos de société tout le franc-parler qu'il y faut ; et c'est très bien. Ce n'est pourtant pas une raison pour que chacun apporte ses misères au tas ; ce ne serait qu'un ennui plus noir. Et c'est une raison pour élargir la société au-delà de la famille ; car, dans le cercle de famille, souvent, par trop d'abandon, par trop de confiance, on vient à se plaindre de petites choses auxquelles on ne penserait même pas si l'on avait un peu le souci de plaire. Le plaisir d'intriguer autour des puissances vient sans doute de ce que l'on oublie alors, par nécessité, mille petits malheurs dont le récit serait ennuyeux. L'intrigant se donne, comme on dit, de la peine, et cette peine tourne à plaisir, comme celle du musicien, comme celle du peintre ; mais l'intrigant est premièrement délivré de toutes les petites peines qu'il n'a point l'occasion ni le temps de raconter. Le principe est celui-ci : si tu ne parles pas de tes peines, j'entends de tes petites peines, tu n'y penseras pas longtemps.

Dans cet art d'être heureux, auquel je pense, je mettrais aussi d'utiles conseils sur le bon usage du mauvais temps. Au moment où j'écris, la pluie tombe ; les tuiles sonnent ; mille petites rigoles bavardent ; l'air est lavé et comme filtré ; les nuées ressemblent à des haillons magnifiques. Il faut apprendre à saisir ces beautés-là. Mais, dit l'un, la pluie gâte les moissons. Et l'autre : la boue salit tout. Et un troisième : il est si bon de s'asseoir dans l'herbe. C'est entendu ; on le sait ; vos plaintes n'y retranchent rien, et je reçois une pluie de plaintes qui me poursuit dans la maison. Eh bien, c'est surtout en temps de pluie, que l'on veut des visages gais. Donc, bonne figure à mauvais temps.

8 septembre 1910

XCII

Du devoir d'être heureux

Il n'est pas difficile d'être malheureux ou mécontent ; il suffit de s'asseoir, comme fait un prince qui attend qu'on l'amuse ; ce regard qui guette et pèse le bonheur comme une denrée jette sur toutes choses la couleur de l'ennui ; non sans majesté, car il y a une sorte de puissance à mépriser toutes les offrandes ; mais j'y vois aussi une impatience et une colère à l'égard des ouvriers ingénieux qui font du bonheur avec peu de chose, comme les enfants font des jardins. Je fuis. L'expérience m'a fait voir assez que l'on ne peut distraire ceux qui s'ennuient d'eux-mêmes.

Au contraire, le bonheur est beau à voir ; c'est le plus beau spectacle. Quoi de plus beau qu'un enfant ? Mais aussi il se met tout à ses jeux ; il n'attend pas que l'on joue pour lui. Il est vrai que l'enfant boudeur nous offre aussi l'autre visage, celui qui refuse toute joie ; et heureusement l'enfance oublie vite ; mais chacun a pu connaître de grands enfants qui n'ont point cessé de bouder. Que leurs raisons soient fortes, je le sais ; il est toujours difficile d'être heureux ; c'est un combat contre beaucoup d'événements et contre beaucoup d'hommes ; il se peut que l'on y soit vaincu ; il y a sans aucun doute des événements insurmontables et des malheurs plus forts que l'apprenti stoïcien ; mais c'est le devoir le plus clair peut-être de ne point se dire vaincu avant d'avoir lutté de toutes ses forces. Et surtout, ce qui me paraît évident, c'est qu'il est impossible que l'on soit heureux si l'on ne veut pas l'être ; il faut donc vouloir son bonheur et le faire.

Ce que l'on n'a point assez dit, c'est que c'est un devoir aussi envers les autres que d'être heureux. On dit bien qu'il n'y a d'aimé que celui qui est heureux ; mais on oublie que cette récompense est juste et méritée ; car le malheur, l'ennui et le désespoir sont dans l'air que nous respirons tous ; aussi nous devons reconnaissance et couronne d'athlète à ceux qui digèrent les miasmes, et purifient en quelque sorte la commune vie par leur énergique exemple. Aussi n'y a-t-il rien de plus profond dans l'amour que le serment d'être heureux. Quoi de plus difficile à surmonter que l'ennui, la tristesse ou le malheur de ceux que l'on aime ? Tout homme et toute femme devraient penser continuellement à ceci que le bonheur, j'entends celui que l'on conquiert pour soi, est l'offrande la plus belle et la plus généreuse.

J'irais même jusqu'à proposer quelque couronne civique pour récompenser les hommes qui auraient pris le parti d'être heureux. Car, selon mon opinion, tous ces cadavres, et toutes ces ruines, et ces folles dépenses, et ces offensives de précaution, sont l'œuvre d'hommes qui n'ont jamais su être heureux et qui ne peuvent supporter ceux qui essaient de l'être. Quand j'étais enfant, j'appartenais à l'espèce des poids lourds, difficiles à vaincre, difficiles à remuer, lents à s'émouvoir. Aussi il arrivait souvent que quelque poids léger, maigre de tristesse et d'ennui, s'amusait à me tirer les cheveux, à me pincer, et avec cela se moquant, jusqu'à un coup de poing sans mesure qu'il recevait et qui terminait tout. Maintenant, quand je reconnais quelque gnome qui annonce les guerres et les prépare, je n'examine jamais ses raisons, étant assez instruit sur ces malfaisants génies qui ne peuvent supporter que l'on soit tranquille. Ainsi la tranquille France, comme la tranquille Allemagne, sont à mes yeux des enfants robustes, tourmentés et mis enfin hors d'eux-mêmes par une poignée de méchants gamins.

16 mars 1923

XCIII

Il faut jurer

Le pessimisme est d'humeur ; l'optimisme est de volonté. Tout homme qui se laisse aller est triste, mais c'est trop peu dire, bientôt irrité et furieux. Comme on voit que les jeux des enfants, s'ils sont sans règle, tournent à la bataille ; et sans autre cause ici que cette force désordonnée qui se mord elle-même. Dans le fond, il n'y a point de bonne humeur ; mais l'humeur, à parler exactement, est toujours mauvaise, et tout bonheur est de volonté et gouvernement. Dans tous les cas le raisonnement est serf. L'humeur compose des systèmes étonnants que l'on voit grossis chez les fous ; il y a toujours de la vraisemblance et de l'éloquence dans les discours d'un malheureux qui se croit persécuté. L'éloquence optimiste est du genre calmant ; elle s'oppose seulement à la fureur bavarde ; elle modère ; c'est le ton qui fait preuve, et les paroles importent moins que la chanson. Ce grondement de chien, que l'on entend toujours dans l'humeur, est ce qu'il faut changer premièrement ; car c'est un mal certain en nous, et qui produit toutes sortes de maux hors de nous. C'est pourquoi la politesse est une bonne règle de politique ; ces deux mots sont parents ; qui est poli est politique.

L'insomnie là-dessus nous enseigne ; et chacun connaît cet état singulier, qui ferait croire que l'existence est par elle-même insupportable. Ici il faut regarder de près. Le gouvernement de soi fait partie de l'existence ; mieux, il la compose et l'assure. D'abord par l'action. La rêverie d'un homme qui scie du bois tourne aisément à bien. Quand la meute est en quête, ce n'est pas alors que les chiens se battent. Le premier remède aux maux de pensée est donc de scier du bois. Mais la pensée bien éveillée est déjà apaisante par elle-même ; en choisissant elle écarte. Or, voici le mal de l'insomnie ; c'est que l'on veut dormir et que l'on se commande à soi-même de ne point remuer et de ne point choisir. En cette absence du gouvernement, aussitôt les mouvements et les idées ensemble suivent un cours mécanique ; les chiens se battent. Tout mouvement est convulsif et toute idée est piquante. On doute alors du meilleur des amis ; tous les signes sont mal pris ; on se voit soi-même ridicule et sot. Ces apparences sont bien fortes, et ce n'est point l'heure de scier du bois.

On voit très bien par là que l'optimisme veut un serment. Quelque étrange que cela paraisse d'abord, il faut jurer d'être heureux. Il faut que le fouet du maître arrête tous ces hurlements de chiens. Enfin, par précaution, toute pensée triste doit être réputée trompeuse. Il le faut, parce que nous faisons du malheur naturellement dès que nous ne faisons rien. L'ennui le prouve. Mais ce qui fait voir le mieux que nos idées ne sont pas en elles-mêmes piquantes, et que c'est notre propre agitation qui nous irrite, c'est l'état heureux de somnolence où tout est relâché dans le corps ; cela ne dure pas ; quand le sommeil s'annonce ainsi, il n'est pas loin. L'art de dormir, qui peut ici aider la nature, consiste principalement à ne vouloir point penser à demi. Ou bien s'y mettre tout, ou bien ne pas du tout s'y mettre, par l'expérience que les pensées non gouvernées sont toutes fausses. Cet énergique jugement les rabaisse toutes au rang des songes, et prépare ces heureux songes qui n'ont point d'épines. Au rebours la clef des songes donne importance à tout. C'est la clef du malheur.

29 septembre 1923

Préface 3
Dédicace à Mme Morre-Lambelin 13
I Bucéphale 15
II Irritation 16
III Marie triste 18
IV Neurasthénie 19
V Mélancolie 21
VI Des passions 22
VII Crainte est maladie 24
VIII De l'imagination 26
IX Maux d'esprit 27
X Argan 29
XI Médecine 30
XII Le sourire 32
XIII Accidents 33
XIV Drames 35
XV Sur la mort 36
XVI Attitudes 38
XVII Gymnastique 39
XVIII Prières 41
XIX L'art de bâiller 42
XX Humeur 44
XXI Des caractères 45
XXII La fatalité 47
XXIII L'âme prophétique 48
XXIV Notre avenir 50
XXV Prédictions 51
XXVI Hercule 53
XXVII Vouloir 54
XXVIII Chacun a ce qu'il veut 56
XXIX De la destinée 57
XXX Ne pas désespérer 59
XXXI Dans la grande prairie 61
XXXII Passions de voisinage 62
XXXIII En famille 63
XXXIV Sollicitude 64
XXXV La paix du ménage 65
XXXVI De la vie privée 67
XXXVII Le couple 69
XXXVIII L'ennui 70

XXXIX Vitesse...72
XL Le jeu..73
XLI Espérance...74
XLII Agir...76
XLIII Hommes d'action...78
XLIV Diogène..79
XLV L'égoïste..81
XLVI Le roi s'ennuie..82
XLVII Aristote...84
XLVIII Heureux agriculteurs...85
XLIX Travaux..87
L Œuvres...88
LI Regarde au loin...89
LII Voyages...91
LIII La danse des poignards..92
LIV Déclamations...93
LV Jérémiades...95
LVI L'éloquence des passions..96
LVII Du désespoir...98
LVIII De la pitié..99
LIX Les maux d'autrui...100
LX Consolation...102
LXI Le culte des morts..103
LXII Gribouille..105
LXIII Sous la pluie..106
LXIV Effervescence..108
LXV Épictète...109
LXVI Stoïcisme...111
LXVII Connais-toi...112
LXVIII Optimisme..114
LXIX Dénouer...115
LXX Patience..117
LXXI Bienveillance..118
LXXII Injures..119
LXXIII Bonne humeur..121
LXXIV Une cure...122
LXXV Hygiène de l'esprit..123
LXXVI L'hymne au lait..125
LXXVII Amitié...126
LXXVIII De l'irrésolution..127
LXXIX Cérémonies..129

LXXX Bonne année	131
LXXXI Vœux	132
LXXXII La politesse	134
LXXXIII Savoir-vivre	135
LXXXIV Faire plaisir	137
LXXXV Platon médecin	138
LXXXVI L'art de se bien porter	140
LXXXVII Victoires	141
LXXXVIII Poètes	143
LXXXIX Bonheur est vertu	144
XC Que le bonheur est généreux	146
XCI L'art d'être heureux	147
XCII Du devoir d'être heureux	149
XCIII Il faut jurer	150

Disponible dans la collection

Les Atemporels

— **Les Onze mille verges** de Guillaume Apollinaire
Préfacé par Yoann Laurent-Rouault

— **1984** de George Orwell
Préfacé par Jean-David Haddad
Traduit par Clémentine Vacherie

— **La ferme des animaux** de George Orwell
Préfacé et traduit par Aïssatou Thiam

— **Psychologie des foules** de Gustave Le Bon
Préfacé par Benoist Rousseau

— **Le livre des esprits**
Préfacé par Yoann Laurent-Rouault

— **Le livre des médius** d'Allan Kardec
Préfacé par Amélie Galiay

— **Les paradis artificiels** de Charles Baudelaire
Préfacé par Yoann Laurent-Rouault

— **Du contrat social** de Jean-Jacques Rousseau
Préfacé par Yoann Laurent-Rouault

Suivez **JDH Éditions** sur les réseaux sociaux pour en savoir plus sur les auteurs, les nouveautés, les projets…

Découvrez notre boutique en ligne sur
www.jdheditions.fr